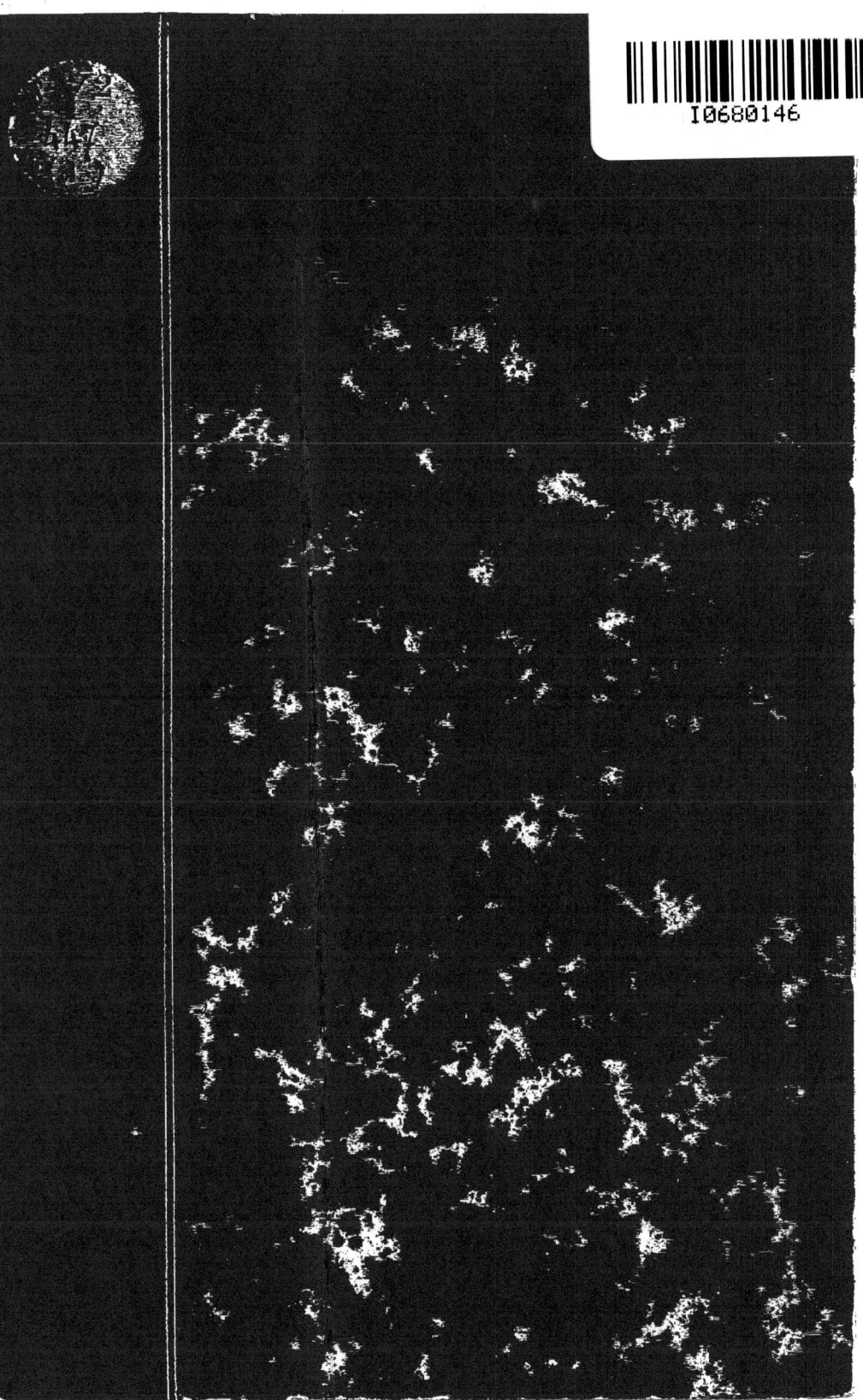

LÉGENDES

ET

RÉCITS POPULAIRES

DU PAYS BASQUE

PAU — TYPOGRAPHIE VERONESE

LÉGENDES

ET

RÉCITS POPULAIRES
DU PAYS BASQUE

PAR

M. CERQUAND

Inspecteur de l'Académie de Bordeaux

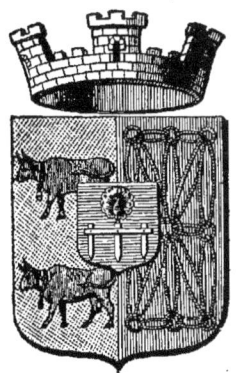

PAU

• LÉON RIBAUT

LIBRAIRE DE LA SOCIÉTÉ DES SCIENCES, LETTRES ET ARTS

RUE SAINT-LOUIS

1875

Extrait du BULLETIN *de la Société des Sciences, Lettres et Arts de Pau*
2ᵉ *série tome IV*

LÉGENDES ET RÉCITS POPULAIRES

DU PAYS BASQUE

Les seuls monuments, publiés jusqu'ici, de la littérature populaire des Basques, sont des proverbes et des chansons, d'une
valeur relative bien différente.

Ne fait pas qui veut des proverbes ; j'entends de ceux qui ont
cours, que chacun accepte aussitôt, dont chacun se sert pour ré-
gler sa propre conduite et pour juger la conduite du voisin. De
ceux-là l'auteur n'est jamais connu, parce que tout le monde, qui
a plus d'esprit que personne, y a mis la main, comme à une œuvre
d'utilité publique, y apportant, avec un instinct merveilleux, tous
les raffinements de style que l'art ne rencontre pas toujours, oppo-
sant le son au son, le mot au mot, la pensée à la pensée, le mot
juste et la pensée juste, cherchant et trouvant les rapports les plus
vrais et les plus inattendus, jusqu'à ce que la forme soit parfaite
et identique à l'idée. Cette forme arrêtée, le proverbe est désormais, on peut le dire, immortel. Le précieux recueil d'Oyhenart,
serait perdu, qu'on le retrouverait tout entier dans la mémoire
des Basques.

Il n'en est pas ainsi des chansons. Œuvres subjectives, dues à
l'inspiration d'un moment, dans une circonstance donnée, elles
portent l'empreinte de l'auteur, du moment, de la circonstance ;
elles n'ont plus, en quelque sorte, de raison d'être, lorsque le

moment est passé et la circonstance oubliée. Elles vont où vont les neiges d'antan. Chaque année, chez les Basques, produit sa moisson poétique, comme sa moisson de fleurs, en même temps flétrie. Un vrai Basque (1) n'a jamais songé à conserver pour demain, encore moins pour l'année prochaine, les chansons qu'il a chantées sans les écrire, pour peindre sa joie ou sa tristesse d'hier, pour célébrer quelque événement important du village, une noce, un baptème, l'arrivée de quelque grand personnage. Il est toujours prêt à recommencer. Les chansons qui ont été recueillies et imprimées laissent toujours une certaine appréhension. On y cherche une saveur propre, des tours, des images différentes des nôtres, des idées, des sentiments nouveaux, une originalité : et l'on retrouve les idées, les sentiments partout rebattus. Un critique érudit vous montrera les formes correspondantes dans des pièces connues des autres pays, dont l'imitation est manifeste. Vous demandez le nom de l'auteur : c'est un Basque, mais qui est bachelier, et qui a vécu à Paris.

Voici un proverbe de Larrau :

Aice belzac igorri cioçun bethatchiari gorainlci, eta chilouari jouanen cerola ikhoustera.

« La bise fait dire à la pièce : bien des compliments ; et au trou : qu'elle lui rendra visite. »

Le proverbe lorrain dit plus simplement :

« Mieux vaut laide pièce que beau trou. »

C'est, sous les deux formes, un même conseil donné aux ménagères ; et ces deux formes sont également caractéristiques des deux pays. Le paysan lorrain a arrangé la sienne au plus court, en homme pratique, avec un art mesuré et grave. Le paysan basque

(1) Bernard d'Etchepare et Oyhenart font exception : mais ce sont deux érudits.

n'articule pas le jugement, il l'habille, il le pare ; il le voile même.
Il songe certainement à la notion pratique, mais en seconde ligne,
et se préoccupe plutôt du petit drame qu'il a imaginé entre les
trois personnages dont les rencontres sont annoncées.

Que l'on compare maintenant au proverbe la chansonnette suivante :

*Chorignoac kaiolan — tristeric du cantatcen, — duelarican cer
jan, — cer edan ; campoa du desiratcen, — ceren, ceren, — liber-
tatia hain eder den.*

« Le petit oiseau dans la cage — chante tristement — quoiqu'il
ait de quoi manger — et de quoi boire ; — mais il voudrait être
dehors — parce que, parce que — rien n'est beau que la liberté. »

Je cherche en vain dans ce couplet la marque nationale. L'éducation classique de l'auteur s'y manifeste au contraire soit dans
l'idée première (1), qui est vulgaire, soit dans l'artifice qui répète
la conjonction pour suspendre la finale, écho de nos chansons
patriotiques.

Dans les chansons de contrebandiers et de buveurs, dans les
plaintes des amoureux, dans les satires, je retrouve bien la marque
nationale ; mais la forme fait défaut. Tout cela a été chanté et a
produit son effet, mais rien n'a été remanié, travaillé pour durer.
Ce n'est point là de véritable poésie populaire ; c'est l'œuvre d'un
poëte. Cela a plu un moment, lorsqu'une voix agréable le chantait
dans un cercle sympathique, à la veillée ou au cabaret, lorsque
cela répondait à quelque sentiment surexcité, que les héros des
chansons étaient connus. Mais à quoi bon les conserver ? La lecture de ces pièces éphémères n'a d'autre attrait que celui de la

(1) M. Francisque Michel (le Pays Basque, p. 325) a commenté cette chanson
avec son érudition habituelle. Il a cité cinq pièces analogues. Je me permets d'y
ajouter le sansonnet de Sterne, quoique Sterne n'ait pas fait de chanson. Le pauvre
oiseau est encagé et il répète toujours ces mots qu'on lui a appris : « Je ne peux
pas sortir ; je ne peux pas sortir. » Voilà qui n'est pas imité et qui restera.

curiosité. Les Basques n'ont pas encore eu leur poëte. On ne peut que leur dire : *exsurgat aliquis.*

A côté de proverbes d'une forme excellente et de chansons médiocres, est-il possible de placer d'autres monuments littéraires ayant une origine réellement populaire ? Cette race, notre aînée à l'ouest du continent européen, n'a-t-elle rien conservé de son passé ? N'a-t-elle rien imaginé, rien composé, sinon écrit ? Est-elle la seule, parmi toutes les races, qui dédaigne le charme des récits légendaires, sans lesquels se brise la chaîne des traditions ? Comment se passent les longues veillées d'hiver ?

Telles sont les questions que je me suis posées après un court séjour dans le pays et que j'ai posées aux instituteurs des cantons de Tardets, de Mauléon, de St-Palais, de St-Jean, réunis en conférence scolaire. J'ai eu quelque peine à me faire comprendre. Les instituteurs n'assistent pas aux veillées. L'hiver est pour eux la saison la plus occupée. La classe du soir y succède aux classes du jour et au travail de la mairie qu'ils sont seuls en état de mener à bonne fin, étant les seuls qui parlent et écrivent le français dans la commune. Le repos leur est nécessaire pour les préparer au travail du lendemain. De plus, les veillées du pays basque ne se passent pas dans les mêmes conditions qu'autrefois. Les familles sont décimées par l'émigration, et la conversation n'y joue plus que le moindre rôle. Par tous ces motifs, un insuccès était à craindre.

J'ai insisté ; je suis entré dans les détails ; j'ai cité les exemples de savants qui ont mis au jour, dans les pays scandinaves et germaniques aussi bien que chez nous, aussi bien que partout, une littérature latente, et comblé, avec elle, les lacunes de l'histoire. J'ai enfin parlé des superstitions, dont les Basques ont, comme on sait, leur bonne part. Alors on m'a demandé si je voulais parler des contes de sorcellerie. « De ceux-là, ai-je répondu, et de tous les contes qu'on raconte. » C'est ainsi que la brèche a été ouverte, et qu'il m'a été possible de réunir soixante textes réellement basques, d'origine populaire.

Tous m'ont été adressés par les instituteurs de Soule et de Basse-Navarre, avec la traduction.

En ce qui concerne les textes, j'ai recommandé à mes collaborateurs de transcrire les récits avec la fidélité qu'ils mettraient à reproduire une réponse du catéchisme ou une définition de mathématiques, et de conserver précisément les idées, les faits, les mots qui leur paraîtraient le plus étranges. Je leur ai défendu de rien ajouter, de changer rien sous prétexte d'élégance et de clarté. Je leur ai dit qu'ailleurs, lorsqu'un récit se faisait, l'assistance n'hésitait pas à reprendre l'orateur qui oubliait ou changeait quelque terme du texte consacré: tant le sentiment populaire s'attache à l'intégrale conservation de ces vieilles histoires, qui remuent encore, lorsque le sens en est oublié, les fibres les plus intimes de la race qui les a conçues.

En ce qui concerne la traduction, je demandais qu'elle fût plus littérale que grammaticale, c'est-à-dire, plus fidèle qu'élégante.

Je n'affirmerais pas que ces conditions pour le texte et pour la traduction aient été observées avec une fidélité absolue. Pour comprendre le respect que méritent les textes d'origine populaire, il faut un goût d'une extrême délicatesse, une indépendance d'éducation littéraire qui n'est le propre que des esprits supérieurs, toujours rares. Mais, en dehors des savants spéciaux qui, par réflexion, traitent un texte d'apparence vulgaire avec le respect que met un sculpteur à étudier une figure archaïque, les instituteurs des communes basques paraissent les instrumens les plus sincères pour cette œuvre de reproduction. Leur enfance s'est passée dans le pays et dans l'atmosphère propre. Le basque est leur langue maternelle, et ils n'ont point fait, des difficultés grammaticales qu'elle présente, une étude systématique. Ils n'ont point de préjugé à son endroit. Ils croient qu'elle n'a point d'orthographe — opinion partagée par beaucoup de savants ; — ils la parlent et l'entendent sans finesse, comme leurs voisins. A un autre point de vue, le peu de temps qu'ils ont passé hors du pays pour leur instruction professionnelle n'a pas interrompu le cours de leurs

habitudes. Ils ont conservé leur manière de se vêtir et de se nour-
rir, ils ne se distinguent des paysans que par leur diplôme qui
constate qu'ils savent le français et l'histoire de France. Ils sont
surtout disposés à donner le concours qu'on leur demande, dans
la limite exacte où ce concours est demandé.

Je sens cependant qu'ils se sont substitués quelquefois au conteur, qu'ils n'ont pas écrit sous la dictée, qu'ils ont reproduit à
distance. Je le sens, parce que, dans des cas particuliers que le
lecteur trouvera aussi facilement que moi, la marque nationale
est indéniable. J'ai éliminé de cette étude, tout en les conservant
pour l'avenir, les textes qui m'ont paru et que j'ai reconnus, après
enquête, conserver la trace d'un travail personnel ; lorsque les
tournures modernes de la phrase, l'embarras pour entrer en matière, le récit moins vif, et s'attardant en détails sans valeur, attestaient le labeur de la composition. J'ai exigé le nom du conteur et
celui du village que j'ajoute aux textes.

La traduction, nécessairement fidèle quant au sens, manque
sans doute de cet art exquis, le plus difficile de tous, qui fait passer d'une langue à l'autre les formes spéciales de la pensée, si différentes de peuple à peuple de même race, et surtout de race à
race. J'aurais voulu réviser toutes les traductions avec un basqui-
sant habile, mais il m'a semblé qu'avant tout il fallait constater
avec les premiers résultats obtenus, la possibilité d'en obtenir
davantage. Les traductions sont donc, à peu de chose près, et j'en
réclame la responsabilité, telles que me les ont adressées les instituteurs des Basses-Pyrénées.

Les récits que je reproduis se sont rangés naturellement sous
les rubriques suivantes :

        1º Paraboles ;
        2º Légendes mythologiques ;
        3º Contes de sorcellerie ;
        4º Légendes historiques ;
        5º Contes.

I

PARABOLES.

Les Paraboles mettent ordinairement en scène Jésus-Christ et
Saint-Pierre discutant à propos de faits ingénieusement combinés,
dont ils font sortir une leçon de morale chrétienne. Les conteurs
basques conservent au Sauveur la majesté qu'il revêt dans les
livres saints. Ils se mettent plus à l'aise avec la personne de
Saint-Pierre, comme ont fait aussi les conteurs français. Ils lui
donnent un caractère indulgent et débonnaire qui, dans la composition, contraste heureusement avec la calme gravité de Jésus.
C'est le ton général ; mais quelques exemples suivent la pente qui
mène au trivial ; comme on peut l'observer en peinture sur des
tableaux représentant un même sujet traité par des artistes de
valeur différente (1). Tous sont profondément religieux et pénétrés

(1) Telle est la parabole suivante : « Au temps où le Bon Dieu (*Jinco houna*,
souvent employé pour *Jesus Kristec*) et saint Pierre parcouraient la terre, ils
voyaient les pauvres demander l'aumône dans les villes et dire après l'avoir reçue :
« Merci bien ; Dieu vous paiera. » Saint-Pierre alors dit au bon Dieu : « Seigneur, je
ne veux plus marcher avec vous ; car vous avez partout des dettes. Tous les men-
diants disent : Dieu vous paiera. » — « Si tu te fatigue de ma compagnie ,
Pierre, dit le bon Dieu, va de ton côté », et ils se séparèrent. Mais aussitôt le bon
Dieu monte sur une aubépine, la secoue et fait tomber à terre une pluie d'argent.
Saint-Pierre, entendant le tintement, revient sur ses pas, et se hâte de ramasser les
pièces. Le bon Dieu lui dit : « Attends, Pierre, laisse là cet argent, j'en ai besoin
pour payer mes dettes. » — « Vous, Seigneur, répondit saint Pierre, vous n'aurez
pas de peine à payer vos dettes, et je veux encore aller avec vous. »
La vulgarité est sensible dans cette pièce d'ailleurs si bien faite ; elle s'accentue
dans une autre : « Pourquoi l'homme n'a-t-il pas deux estomacs comme il a deux jam-
bes et deux bras ? » demande saint Pierre. Et Jésus répond : « Il aura assez à faire
avec un seul. » Le goût est blessé dans celle-ci, qui doit être fort répandue puisque j'en ai reçu trois versions. Il s'agit de formuler cette idée : Dieu voit partout.
L'artiste basque imagine de mettre, comme formule, un œil à l'occiput de Jésus.
Saint-Pierre le découvre avec terreur. Il vient de garder pour lui un pain qu'il avait
ordre de jeter à des grenouilles. Sa fraude a été vue.
Il y en a deux qui ne sont plus que des contes bleus, inconvenants.

d'excellentes intentions ; ils n'épargnent pas cependant les traves-
tissements, peu respectueux en apparence, aux personnages les
plus vénérables par la science et la dignité.

J'inclinerais à croire que les auteurs des Paraboles sont les curés
de paroisse qui, dans leurs sermons familiers du dimanche, usaient
d'un procédé accessible à l'intelligence de leurs auditeurs, un peu
rebelle à une exposition méthodique de la doctrine. Mais les Paraboles sont entrées si profondément dans les habitudes du pays, on
les trouve si fréquemment qu'on ne peut douter que les paysans
aient ajouté au fonds commencé par les curés. C'est ainsi que
j'explique comment dans une collection remarquable se sont glis-
sés quelques spécimens d'un goût risqué.

Aucune des Paraboles, aucune des pièces dont je donne ici la
traduction n'était pourvue d'un titre. J'essaie d'en mettre partout,
conformément à nos habitudes.

1. L'ATTENTION A LA PRIÈRE.

« Jésus-Christ dit un jour à saint Pierre : — Je te donnerai un
cheval si tu récites une seule fois le *Pater* sans laisser distraire ta
pensée. — saint Pierre commença à réciter ; puis s'interrompant :
— Mais, Seigneur, dit-il, le cheval ira-t-il sellé ou non ? — Maintenant, répondit Jésus, tu ne l'auras ni sellé ni sans selle. »

Voici comment, d'une fable de Lafontaine, les Basques ont fait
une Parabole.

2. LES CHARRETIERS EMBOURBÉS.

« Jésus-Christ et saint Pierre, cheminant un jour, rencontrèrent
un homme à genoux au milieu de la route et priant Dieu de relever
sa charrette, renversée dans un fossé. Comme Jésus passait outre
sans égard pour la prière du charretier, saint Pierre lui dit : Seigneur, ne voulez-vous pas secourir ce pauvre homme ? — Il ne

mérite pas notre assistance, répondit Jésus, parce qu'il ne fait aucun effort pour se tirer d'embarras. — Un peu plus loin, ils rencontrèrent un autre homme en même situation, mais faisant mille
efforts en criant et en jurant. Jésus s'empressa de lui porter son
aide en disant : — Celui-ci mérite notre aide, car il fait tout ce
qu'il peut. »

L'imitation, si elle existe, a été, comme on voit, indépendante.
L'auteur basque fait deux épisodes là où Lafontaine n'en avait employé qu'un. Dans le fabuliste le fait n'est pas précisément d'accord
avec la moralité. Le ciel n'aide pas le charretier embourbé ; il lui
montre la cause du mal et le laisse travailler ensuite. Le Basque
est plus naïf et peint Jésus poussant à la roue. Les deux auteurs
sont d'accord sur un point délicat. Le charretier peste chez l'un,
crie et jure chez l'autre.

Une troisième Parabole, d'un ton plus élevé, oppose les pauvres
pasteurs du versant nord des Pyrénées à leurs riches voisins du
sud. Les plus riches ne sont pas les plus heureux.

3. LA PAIX EN ESPAGNE.

« N. S. Jésus-Christ parcourait l'Espagne avec saint Pierre pour
prêcher l'Evangile. Les notables d'un village, voulant profiter de
l'occasion, vinrent à eux pour leur demander que leur pays fût à
jamais heureux. S'adressant donc à saint Pierre, ils lui dirent : —
Nous venons vous demander une faveur. Obtenez de notre maître
commun quatre choses qui assureront le bonheur de l'Espagne :
abondance de pain, de vin, de viande et la paix. — Jésus, ayant
entendu la demande, répondit : — Ces choses ne peuvent aller ensemble. Je vous donne le pain, le vin et la viande ; mais vous n'aurez pas la paix avec cela. — Depuis cette époque, l'Espagne a
l'abondance ; mais il lui manque la paix. »

Cette Parabole est-elle d'hier ? Remonte-t-elle aux luttes des
Maures ? à Charles V, à Philippe II, aux premiers Bourbons ?

Date-t-elle de quelqu'une des guerres civiles de ce siècle ? Alors comme aujourd'hui la terre était féconde ; et la paix n'est pas venue, et la Parabole reste encore vraie.

Je reproduis, comme couronnement de cette série, la pièce qui m'a paru la plus parfaite de toutes. Elle est due à Mme veuve Sallano, qui est âgée de 84 ans ; elle a été transcrite par M. Dabant, instituteur de Bustince Iriberry. Mme Sallano ne sait ni lire ni écrire. La Parabole appartient sans conteste à la littérature populaire.

4. LA HAIE DE JONCS.

« Au temps jadis, les hommes connaissaient à l'avance le moment de leur mort. Or un jour Jésus-Christ cheminait, accompagné de saint Pierre. Il passa le long d'un champ et aperçut un homme occupé à le clore d'une haie de joncs. Il lui demanda pourquoi il faisait une si fragile clôture. — Oh ! Seigneur, dit l'homme, je dois mourir dans trois jours et la haie durera autant que moi. — Eh bien ! dit Jésus, ceci est cause que désormais vous ne saurez plus quand vous devez mourir. »

Cette pièce est la première que j'aie reçue, et je me suis dit, en la recevant, qu'elle suffirait seule à payer des recherches dont le résultat était encore douteux. Cette première impression s'est confirmée par une étude attentive. Il me paraît en effet difficile de renfermer plus de sens dans moins de mots, des leçons plus graves sous une forme plus ingénieuse. Les devoirs des pères envers les enfants, des générations présentes envers celles qui doivent suivre, la nécessité du travail opiniâtre jusqu'au dernier jour de l'homme, la raison providentielle de l'incertitude de la mort, telles sont les idées qu'éveille la Parabole conservée dans la mémoire d'une bonne femme d'Iriberry. Je ne puis y comparer que le mot de Sévère mourant: *Laboremus*. Mais un tel mot n'est que pour des Romains et des philosophes. La conscience populaire a ses exigences auxquelles répondra toujours mieux qu'un précepte stoïque la leçon tirée d'une haie de joncs.

Pour les Basques surtout, elle est sensible. Dans un pays où les propriétés communes l'emportent de beaucoup sur les propriétés particulières, la haie a une importance spéciale. Elle est le signe de l'héritage. Les Coutumes de Soule et de Labourd reviennent souvent sur ce point. L'héritage dépourvu de clôture est ouvert aux bestiaux comme les terres communes (1).

L'emploi de la Parabole, comme forme populaire d'un jugement moral, n'est pas restreint au pays basque. Je puis en citer une qui m'a été racontée en bon français par un homme de Borce, vallée d'Aspe, sur le chemin d'Urdos à Bedous. J'inclinerais à croire toutefois que les Béarnais des montagnes en font moins usage que leurs voisins, et qu'il y a chez eux imitation plutôt qu'habitude.

« Au temps jadis, l'Espagne n'avait pas encore d'habitants. Un jour, dans le pays désert, en compagnie de saint Pierre, Jésus-Christ cheminait ; et St-Pierre, voyant les plaines fertiles et les côteaux boisés, dit à Jésus : — Seigneur, faites naître des hommes sur cette terre, afin qu'ils profitent de ses richesses. — Jésus répondit : — Je ferai ce que tu demandes, mais il vaudrait mieux que cette terre demeurât toujours déserte. — Alors, à la parole de Jésus, sortit de la terre Espagnole le premier habitant, un couteau à la main et blasphémant son créateur. Et saint Pierre se repentit d'avoir prié Jésus. » (2)

J'ai oublié l'effrayant blasphème que l'homme de Borce enca-

(1) V. *les coustumes de Sole*. Bourdeaux, chez Mongiron Millanges, MDCLXI. Deus heremps comuns et padouences de bestiars, art. IV et suiv. p. 23. V. le chap. correspondant des *Coustumes de La Bour*, p. 4; des terres communes, herbages et pasturasges, et dommages donnés aux héritages, art. XIX et XXIX.

(2) On peut comparer aux Paraboles citées celles du P. Bonaventure. Ce livre excellent était autrefois entre toutes les mains. Aujourd'hui il est devenu une rareté, quoique l'abbé Beautain en ait donné, si je ne me trompe, une bonne édition il y a quelques années.

drait dans son récit ; il en augmentait sans doute la couleur locale, mais il n'aurait pu s'écrire. La Parabole basque qui se rapporte à l'Espagne me parait d'un sentiment tendre et sympathique pour le peuple voisin.

Le récit suivant, que je rattache à ce chapitre, semble imputer aux Espagnols, même basques, un caractère de dureté pour les pauvres, que les Français basques, empressés à se secourir mutuellement, parce qu'ils ont tous besoin les uns des autres, regardent comme le plus grand péché.

Je n'ai pas besoin d'appeler l'attention du lecteur sur la grâce parfaite du récit.

5. LES PAINS DE LA SAINTE VIERGE.

« Il y avait autrefois en Espagne un village du nom de Ahurhutxe (*ahur*, main ; *hutxe*, vide.) Un certain samedi, une femme y faisait la fournée. Une vieille mendiante se présenta à la porte, lui demandant l'aumône d'une galette cuite au four. La femme met donc un peu de pâte au four, et soudain cette pâte devient un beau pain. Oh ! Elle trouva que ce pain était trop grand pour une aumône. Elle met dans le four une plus petite quantité de pâte. Mais la galette devient un pain si grand qu'elle a peine à le retirer. Alors elle prend un tout petit, petit peu de pâte au bout du doigt, et celui-là grossit tellement que tout le four en fut rempli et que la femme ne put l'en tirer. Alors la vieille mendiante dit : « Moi, je suis la sainte Vierge ; le samedi est mon jour, et parce que tu as trouvé que ton aumône était trop grande pour un pauvre, désormais il ne se récoltera plus de froment dans ton village. » Cela dit, la sainte Vierge disparut.

Depuis ce temps, lorsque les femmes mettent les pains au four, elles disent :

« Le bon Dieu les nourrisse comme les pains d'Ahurhutxe. »

Pour n'avoir plus à revenir sur les sentiments des Basques français à l'égard de leurs voisins, je résume un conte de Labets-Biscay.

« Phettiri (Petit-Pierre) a épuisé ses dernières ressources. Il implore les secours d'un riche Espagnol, son voisin, qui le renvoie en lui disant : Votre besoin me touche ; mais dans les mauvais temps, chacun doit songer d'abord à soi-même. Phettiri s'adresse ensuite à un Basque : Pourquoi vous désoler ? lui dit le Basque. Ne sommes-nous pas tous frères ? Venez, et prenez votre part de ce que je possède de Dieu. »

C'est une formule ; car elle se reproduit dans une version de Ilharre, que m'a adressée M. Guichandut.

« *Certaco desolatcen cira manera hertan? Ez guirea guciac anayac? Çauri eta élgarrekin phartituco ditugu Jaincoarenganic ditudanac oro.* »

LÉGENDES MYTHOLOGIQUES.

Les dix Paraboles que j'ai recueillies jusqu'ici appartiennent toutes à la période chrétienne de l'histoire des Basques, non-seulement par la présence constante du Sauveur et de saint Pierre, mais surtout par la doctrine et par la forme imitée des livres saints. D'autres récits présentent des caractères différents et, quoique la trace des idées chrétiennes s'y reconnaisse avec facilité, se rapportent à des croyances antérieures. Ce sont des superstitions, au sens étymologique du mot, des restes du passé. Basa Jaün (1), le seigneur sauvage, Basa-Andere, la dame sauvage, fille de Basa Jaün, et les Lamignac (2) en sont, avec Jinco, les seuls personnages.

Je dois ici prendre mes précautions contre une objection naturelle. Est-il possible, avec un petit nombre de documents recueillis dans quatre cantons qui ne comprennent que 40,000 âmes, de reconstruire l'ensemble de croyances autrefois acceptées par une population de sept à huit cent mille ? Non, sans doute. Un tel travail, avec des garanties suffisantes pour la science, ne sera possible que lorsque l'enquête, dont je donne aujourd'hui les premiers résultats, aura été complétée dans le Labourd et la Basse-Navarre

---

(1) Le radical *Basa* se retrouve dans un certain nombre de mots : *Basa Mahatsa*, raisin des haies, raisin sauvage. *Labrusca.* — *Basa Ahatia*, canard sauvage — *Basa Lilia*, fleur sauvage, et avec une déviation de sens : fleur artificielle, parce qu'elle ne sent rien, comme la fleur sauvage ; *basatia* se dit du sauvageon et du fauve, *basatarra*, de l'homme à l'abord rude. L'idée générale qui ressort de ces différents sens du mot *Basa* se conçoit facilement. *Basa* s'applique à ce qui est tel naturellement, et qui n'a pas été violenté par la main de l'homme ou, comme on dit, dénaturé. Sous l'empire d'idées d'origine moderne, Basa Jaüna est devenu *le Monsieur*, celui qui affecte une élégance d'emprunt. le bourgeois gentilhomme ; il est devenu aussi l'escarbot, le bousier, qui a des cornes. C'est le diable.

(2) Etymologie indécise, sur laquelle nous reviendrons.

aussi bien que dans les provinces basques de l'Espagne. Mais il doit être permis, même avec des éléments dont on reconnaît l'insuffisance, et qui ont pourtant une valeur de fait, comme l'os d'un animal disparu, aux yeux d'un naturaliste, d'essayer une reconstruction que d'autres éléments rectifieront ou confirmeront.

Les Lamignac se présentent, ainsi qu'on le verra, comme des forces inférieures, dépendantes, faisant supposer *à priori* une force supérieure et indépendante. Ils sont les instruments intelligents de Basa Jaün. Mais Basa Jaün n'offre pas les caractères du principe existant par soi-même qui est au fond de toutes les mythologies, parce qu'il résulte de l'instinct universel d'un être bon, puissant, le créateur et le père de tout ce qui est. Cette notion réellement supérieure est le propre de Jinco (1). Ce nom est encore celui dont se servent, pour désigner Dieu, les Basques devenus chrétiens ; et comme il ne leur a été transmis ni par le latin, ni par les langues dérivées du latin, au moyen desquelles la conversion s'est opérée, il suit que le nom de Jinco a été de tout temps le nom de leur divinité supérieure, celui qui, dans les nouvelles croyances, leur a paru le seul digne d'être appliqué à Dieu.

Jinco, antérieurement à l'époque chrétienne, ne paraît jusqu'ici que dans une seule légende venue de Musculdy.

6. LA GRANDE OURSE.

« Il y avait une fois un grand laboureur. Deux voleurs lui dérobèrent une paire de bœufs. Il envoya son domestique à la poursuite des voleurs ; et comme le domestique ne revenait pas, il envoya la servante à la recherche du domestique ; le petit chien

---

(1) Les basquisants les plus instruits acceptent encore l'étymologie proposée par l'abbé Darrigol (Dissert. sur la langue basque, p. 25 sq.) *Jaincoa* pour *gaincoa*, *celui d'en haut*, ou en suivant la prononciation espagnole ; *Jaongoicoa* ou *Jabe-on-goicoa : le bon maître d'en haut*. On voit que des deux éléments du mot, le premier est controversé encore, tandis que tout le monde est d'accord sur le second : *co, goico* qui se rattache sans difficulté à *goihen*, sommet ; *goit*, avoir le dessus ; *goité*, en haut, *gora*, haut.

du logis suivit la servante. Quelques jours après, le domestique ni la servante n'étant revenus à la maison, lui-même s'en alla à leur recherche. Mais comme il ne les trouva nulle part, il commença à blasphémer et à maudire, et fit tant de malédictions que Jinco, pour l'en punir, condamna le laboureur et ses domestiques, le chien, les deux voleurs et les bœufs, tant que le monde existe, à marcher à la suite les uns des autres, et les plaça au ciel dans la Grande Ourse. Les bœufs sont dans les deux premières étoiles ; les voleurs dans les deux suivantes; le domestique dans l'étoile qui vient après, la servante dans la seconde étoile, qui est seule ; le petit chien auprès, dans une petite étoile ; et enfin le laboureur, après tous les autres, dans la septième étoile. »

Il suffit d'avoir lu les métamorphoses d'Ovide pour reconnaître à cette légende un caractère essentiellement et uniquement mythologique. Elle a d'ailleurs son pendant dans la mythologie classique. (1)

« L'athénien Icarius, instruit par Bacchus dans l'art de cultiver la vigne, fit boire le premier du vin à des pasteurs. Ceux-ci, devenus ivres, s'imaginèrent qu'Icarius les avait empoisonnés et le tuèrent. Son chien alla chercher Erigone, sa fille, et lui découvrit le lieu où était le cadavre. Dans son désespoir elle se pendit, et le chien se laissa mourir. Les Dieux les transportèrent tous trois au ciel avec le charriot qui portait le vin. Erigone est devenue la constellation de la Vierge ; le chien, Sirius ; Icare, le bouvier ; *le charriot, le septentrion* (septem triones, *les deux ourses*.) »

Déterminer en ce moment le sens de la légende basque dans son ensemble et ses détails serait impossible. Mais la personnalité de Jinco est peinte de traits assez nets pour qu'on puisse se le représenter avec toute probabilité. Des deux radicaux de son nom,

---

(1) V. hyg. fab. cxxx. Apollod. bibl. 3, 14, 7, 3, raconte la tragédie, mais non la métamorphose, que l'on retrouve dans le Mythl. Vatic. 1, 19 ; 11, 61.

le dernier est reconnu comme incontestable. Il donne une idée
d'élévation, de hauteur ; et Jinco ne peut être selon l'étymologie
du premier radical que *celui d'en haut*, ou le Seigneur d'en haut,
ou le Maître et le Père d'en haut. La légende confirme ces diverses
étymologies. Jinco est le Dieu du ciel. Il en est l'ordonnateur, le
créateur. Il a en même temps sur les hommes un pouvoir absolu.
Ici il punit ; ailleurs il figurera sans doute comme rémunérateur ;
l'un ne va pas sans l'autre ; il ne peut y avoir idée de châtiment
s'il n'y a idée de récompense, Les deux notions que révèle la légende : Créateur et Justicier, donnent, dès maintenant, une haute
valeur à la conception de Jinco et l'on conçoit que ce nom ait pu
être conservé dans la foi nouvelle.

Mais ces deux notions suffisent-elles en même temps à faire de
Jinco, dans les croyances antiques des Basques, un Dieu, pur esprit
et unique ? Sur ce point délicat, les basquisants ont déjà pris parti.
Leurs pères, disent-ils, ont toujours adoré un seul Dieu, spirituel
par essence, tel que les Juifs seuls l'ont connu, et leurs traditions
sont celles mêmes de la première révélation. Cette opinion des
basquisants a certainement du poids, et la légende citée n'y contre-
dit pas, en ce qui concerne du moins la spiritualité de Jinco.
Toutefois, elle ne suffit pas à démontrer cette spiritualité. Pur
esprit, ou possédant les deux natures, Jinco pourrait également
réunir les deux notions de Créateur et de Justicier, comme l'Indra
des croyances védiques, ou le Jupiter des croyances latines, qui
habitent également le ciel. Le système religieux des anciens basques serait, comme on va le voir, bien plus clair et compréhensible si l'on admettait l'opinion des basquisants sur la spiritualité de
Jinco ; mais, avant que de nouveaux documents l'aient établie avec
certitude, il convient de ne point se prononcer encore.

En ce qui concerne l'unité, les légendes qui vont suivre sem-
blent y contredire. Elles montrent, en effet, sous des traits altérés,
un personnage revêtu d'une puissance particulière, possédant un
domaine particulier où s'étend son action sans contrôle, un culte
même, autant qu'on peut voir ; et ce sont là les caractères aux-
quels on reconnaît un dieu oublié.

7. LE CHANDELIER DE SAINT-SAUVEUR.

« Il y a sept ou huit cents ans que Mendive ne possédait que les maisons Lohibarria (vallée de boue) et Miquelaberroa (haie des Miquels). Un jour, le valet de ferme de Lohibarria, surnommé Hacherihargaix (renard difficile à prendre), alla chercher des vaches à Galharbeco Photcha (rocher de Galharbe). Là, il rencontra une dame sauvage (Basa Andere), qui avait nettoyé le chandelier (1), et se peignait avec un peigne d'or. Il se dit qu'il devait ravir ce beau chandelier. Deux fois il le prit ; mais la dame sauvage l'ayant aperçu, il dut le laisser deux fois. La troisième fois il la trompa et partit emportant le chandelier. La dame sauvage, aussitôt qu'elle s'en aperçut, appela son père à grands cris. Basa Jauna était à la noce à Béhorléguy Mendi (montagne de Béhorléguy) ; il arrive en deux sauts et poursuit Hacherihargaix jusqu'à Saint-Sauveur. En arrivant à Saint-Sauveur, Hacherihargaix s'écria : « Saint-Sauveur ! je vous apporte un beau cadeau. » Aussitôt la cloche de Saint-Sauveur commence à sonner d'elle-même. Alors le seigneur sauvage dit à Hargaix : « Bien te prend que cette mauvaise sonnaille ait sonné, sans quoi je t'aurais dévoré. La première fois que je te rencontrerai à jeun, je te dévorerai. »

« A quelque temps de là, après avoir battu du froment, Hacherihargaix alla un matin à jeun chercher ses vaches. En arrivant à la broussaille de Sohachipia (petite prairie), il aperçut le seigneur sauvage et se rappela sa menace. En se grattant la tête, il trouva quatre grains de froment dans ses cheveux. Il les mit aussitôt dans sa bouche et les mangea. Le seigneur sauvage disparut et il ne le vit plus. Depuis ce jour, il ne sortait jamais de chez lui sans avoir mangé.

(1) Il n'est pas possible de traduire autrement que par le déterminatif qui annonce des détails absents.

« Le chandelier qu'Hacherihargaix avait ravi à la dame et porté
à Saint-Sauveur était jaune comme l'or. Il a été terni dans un in-
cendie allumé par les Espagnols. Alors on voulut le porter à Mendive, (1) mais on n'a jamais pu le faire passer au-delà du col Haritz
Kurutche (croix de chêne). »

Cette légende a été contée par fragments à l'instituteur de Mendive, M. Prat, par Mme Martiren, veuve Officialdéguy, plus que
septuagénaire. Une fois la mémoire rafraîchie, la conteuse a repris
son histoire d'un bout à l'autre. Un peu d'attention y fait découvrir
une lacune. Le pasteur rencontre la Basa Andere en quel endroit ?
Est-ce qu'elle peigne ses cheveux sur la route ? est-ce que le beau
chandelier est sur la route ? Cette lacune est comblée par une seconde version de la même légende qui m'est transmise par M.
Elissagaray, instituteur de Camou-Suhast, et qui, moins complète
que celle de Mendive, offre cependant des variantes intéressantes.

« Un pasteur — passant dans une forêt, s'approcha d'une grotte
habitée par des Lamiñac. Au fond de cette grotte il vit des choses
merveilleuses. »

Voilà bien réparée la lacune du premier récit. Ces choses merveilleuses sont d'accord avec le peigne d'or et le chandelier.
Les Lamiñac sont substituées à la Basa Andere. Est-ce une
confusion faite par le temps ? La première version a été recueillie
à Mendive même, sur le lieu de la scène, et la seconde à Camou-

---

(1) La chapelle de Saint-Sauveur est sur le territoire de Mendive, dans la haute
montagne, à dix kilomètres de l'Eglise. C'est un lieu de pèlerinage fréquenté tous
les ans à la fête de l'Ascension. Les maisons Lohibarria et Miquelaberroa existent
encore. On les montre du moins. On montre aussi le chandelier ravi à Basa Jauna.
C'est un des meubles les plus étranges qui existent et dont la destination est peu
compréhensible. Il a deux mètres de hauteur. Une tige de cuivre portée sur un
trépied, soutient tout l'appareil. Six roues horizontales également espacées sont
portées par la tige. Six lames, parallèles à cette tige, relient ensemble, sauf une,
qui est mobile, les six roues par la circonférence. Le tout forme un cylindre à
jour. Le chandelier ne paraît qu'un accident dans le meuble. C'est un bras mobile,
supportant un seul bec.

Suhast, qui n'est pas dans la même vallée et est même fort distant.
Le doute existe néanmoins.

La comparaison des deux textes amène une observation. (1)
Pour le lecteur, la légende est complète aussitôt que le chandelier
est sous la protection de Saint-Sauveur : et c'est ainsi que l'entend
le texte de Camou. Le texte de Mendive ajoute un appendice dont
le nom du Renard subtil donne la clef. Le rapt du chandelier n'y
est pas, en effet, l'élément principal, mais bien la lutte du Renard
subtil contre Basa Jauna. Basa Jauna est relégué au second plan,
et Hacherihargaix apparaît comme le héros d'une série d'aventures
particulières que le temps découvrira. Basa Jauna, toujours joué,
malgré le pouvoir que lui reconnaît la légende. rappelle exactement les ogres de nos contes de fées. Il aime la chair fraîche ; il a

(1) Je donne le texte intégral de la version de Camou : Un pasteur, surveillant
son troupeau dans la haute montagne, passait dans une forêt. Il s'approcha de l'entrée d'une grotte habitée par les Lamignac et vit au fond des choses merveilleuses.
Il pria une Lamigna de lui donner un beau grand chandelier qu'il y voyait afin de
l'apporter à Saint-Sauveur Mais la dame lui exprima ses craintes au sujet de son
père. Le pasteur, ayant trouvé le moment où le père était absent, gagna les bonnes
grâces de la dame qui lui donna le chandelier, avec recommandation expresse de le
cacher à son père. Par un jour sombre, le pasteur s'en allait emportant le chandelier sur ses épaules, lorsqu'il vit qu'il était poursuivi par le père de la dame. Il
s'écria : « Saint-Sauveur, secourez-moi, je vous en prie, car c'est pour vous que
j'apporte ce beau chandelier. » Aussitôt le soleil se montra ; le Lamigna disparut
et le pasteur déposa le chandelier dans la chapelle de Saint-Sauveur.

« Cet hermitage a été brûlé à plusieurs reprises ; mais le chandelier a toujours
été conservé intact ; seulement il a beaucoup noirci. »

Ce récit offre avec le précédent deux variantes. Basa Jauna et la Basa Andere y
sont remplacés par deux Lamignac. La version de Mendive rapporte sur ce point
une tradition plus probable, puisque le fait s'est passé à Mendive. La même version
annonce l'intervention de Saint-Sauveur par le son de la cloche ; celle de Camou
par l'apparition du soleil. La cloche est le fait historique annonçant la substitution
du culte chrétien au culte antique. On peut remarquer encore dans les deux récits
le trait final des incendies de Saint-Sauveur et de la conservation du chandelier.

Troisième version à Arhansus, dans la vallée de la Bidouze. La légende, éloignée
de son lieu originel, s'y transforme en conte, tout en conservant ses éléments pri-
mitifs. Je relève seulement les détails différents. Basa Jauna, rentrant à la maison,
flaire l'odeur du chrétien, qui a ravi le chandelier. Au moment d'atteindre le
berger qui fuit, il est arrêté court, comme à Camou, par le son de la cloche. Il
lance alors contre le ravisseur une barre de fer, arrêtée court aussi, à moitié chemin. La légende a son appendice également : « Depuis que le chandelier est à l'hermitage de Saint-Sauveur, nul n'a pu le remuer. Des vaches attelées n'ont pas
réussi à le faire bouger. La conteuse est Mme Gracieuse Hirigaray, âgée de 83 ans.

des bottes de sept lieues. Sa grotte, comme les châteaux des ogres, renferme des trésors; le peigne d'or de la Basa Andere n'est, en effet, qu'un pendant des couronnes d'or dont sont coiffées les filles de l'ogre, couchées dans un seul grand lit. (1)

Mais ce n'est là qu'un travestissement de sa figure. La légende de Camou ne parle pas de chair fraîche, ni de menaces extravagantes en style vulgaire. Il convient donc de négliger le travestissement pour arriver au fonds essentiel qui doit caractériser la figure de Basa Jauna.

A ce fonds essentiel appartient la poursuite du voleur, très-vive et très-pressante dans les deux légendes, mais qui, dans celle de Mendive, se traduit par deux sauts. Ces sauts prodigieux sont le propre des divinités mythologiques. Il n'en faut que trois aux dieux de l'Inde (2) pour parcourir l'espace infini. Les chevaux de Héra (3), dans Homère, franchissent d'un seul bond toute l'étendue du ciel que peut embrasser la vue d'un homme placé sur une falaise. Les bottes de sept lieues reviennent ici à leur place. Elles sont fées, dit le conte, c'est-à-dire divines.

Au fonds essentiel appartient encore la noce sur la montagne de Béhorléguy. Il serait sans doute plus facile de faire une noce là-haut que sur le Mont-Blanc ; mais ce serait tout aussi étrange. La noce de Béhorléguy Mendi n'a donc rien de réel ; mais la pré-

(1) Deux contes, que j'ai reçus d'Arhansus après mon travail terminé, justifient ce rapprochement. Cendrillon, le petit Poucet et Peau-d'Ane même ont pénétré chez les Basques, et il ne sera pas sans intérêt d'étudier ce qu'y sont devenues les gracieuses inventions de Perrault. Je me contente de faire remarquer aujourd'hui que l'Ogre, dans la version d'Aransus, est un Tartare, (Tartaroa), et qu'au lieu de sentir la chair fraîche, il sent le chrétien, détail déjà noté. La fée, qui équipe si gentiment Cendrillon est remplacée par la Sainte-Vierge. Il est entendu qu'avec cette substitution, Cendrillon ne peut aller au bal. C'est à la messe qu'elle attire l'attention du seigneur (Jauna).

(2) Ramayana, tr. Fauche, vol. 1, p. 12. « Vishnou, sous la forme d'un nain, demanda à Bali l'aumône de trois pas. Mais aussitôt que Bali la lui eut accordée, le nain se développa dans une forme prodigieuse, et Trivikrama s'empara de tous les mondes en trois pas. Du premier, il franchit toute la terre ; du deuxième, tout l'espace atmosphérique ; et du troisième, il mesura tout le ciel austral. »

(3) Iliade. V. 770.

sence de Basa Jauna dans les fêtes des hommes a été un fait ac-
cepté comme réel, comme propre à sa personnalité. Les dieux de
l'Olympe assistent de cette façon aux noces de Téthys et Pélée.
Poseidon s'assied au banquet des Ethiopiens. Dans nos contes français, les fées prennent part également aux fêtes des hommes, à
leur naissance et à leurs mariages. Chacune apporte son don, l'esprit, la beauté, les longs jours, la richesse. C'est le sens, et le seul
sens qu'on puisse attribuer à la présence des dieux dans les fêtes;
ils sont les dispensateurs des biens qui en permettent la célébra-
tion.

De ce que Basa Jauna prend part aux fêtes des hommes, il suit
qu'on ne peut l'assimiler à un principe du mal, opposé à Jinco,
principe du bien. A plus forte raison, ne peut-on l'assimiler aux
anges déchus, quoique les altérations successives qu'a subies sa
personnalité aient tendu à l'en rapprocher. Si cela avait été possible, le nom de l'esprit malin serait resté celui de Basa Jauna,
comme celui de Jinco est resté le nom de Dieu, un en trois per-
sonnes. Les Basques ont emprunté au latin d'abord, à l'espagnol
ensuite, les noms dont ils se servent pour désigner Satan (1).

La grotte qu'habite Basa Jauna avec sa fille appartient encore au
fonds essentiel de sa légende, elle reparaîtra tout-à-l'heure dans
d'autres légendes. Cette grotte est remplie de choses merveilleuses
sur lesquelles le récit se tait (2). Mais la croyance, encore répandue, à l'existence de trésors dans les cavernes des Pyrénées, sup-
plée au récit. C'est dans des grottes que le mineur suit les filons

---

(1) Ce n'est pas l'opinion générale, du moins en ce qui concerne *Debru*. Debru
n'est pourtant pas autre que Diabolus. Pour l'atténuation de la diphthongue *ia* en *e*,
on peut comparer à *devil*, angl. et *gueble*, fr. vulg. La voyelle brève *o* disparaît,
entre la muette et liquide, comme en français ; *l* devient fréquemment *r* dans les
mots latins qui passent dans la langue Basque : *cœlum*, *ceru* ; *maledictio*,
maraditzione &. Le second nom de Satan est *demonio*, emprunt fait à l'Espagne.
Sur ce double rôle de Pluton, x. l'hymne orph. xviii, V. Maury. Relig. des Grecs.
T. 1, p. 465 et sur Perséphone, l'hymne orph. xxx.

(2) La conteuse, consultée sur ce point, a répondu que ces « très-belles choses »
formaient *un beau mobilier*. La caverne est donc un riche palais.

des métaux (1). C'est dans des grottes que Vulcain travaille les armes et les ornemens des dieux. On peut aller plus loin si l'on réfléchit que l'idée d'abondance est liée à la notion de Basa Jauna, participant aux fêtes. Dans la mythologie classique, Pluton habite la grotte des enfers. A un point de vue, son royaume est celui des morts, qui retournent à la terre. Mais c'est aussi de la terre que sortent toutes les richesses de l'homme, non-seulement les métaux, mais les plantes, et par les plantes, les animaux. A ce second point de vue, Pluton « tient les clefs qui ouvrent le sein de la terre, et il enrichit les races humaines des fruits qu'il produit tous les ans. » Son nom n'est qu'une variante de celui de Plutus, le Dieu des richesses, et il est le mari de Perséphone, « la déesse printanière, qui se révèle dans les fleurs. »

Le rapt du chandelier transporté de la caverne dans la chapelle de Saint-Sauveur repose, à mon àvis, sur un fait historiqu.Il annonce la fin d'un culte, et la victoire d'un autre culte. Je n'affirmerai pas que le chandelier, ou l'instrument de forme extraordinaire qui porte ce nom, ait appartenu au culte de Basa Jauna; mais cette lumière qui s'éteint dans la caverne pour se rallumer dans une chapelle chrétienne est d'un symbolisme transparent. Et on ne peut guère douter que Basa Jauna ait été, dans les anciennes croyances des Basques, l'objet d'un culte.

Le doute peut encore exister sur l'essence de Jinco, purement spirituelle ou possédant les deux natures. Basa Jauna marche, court, crie et mange, il est anthropomorphe.

Dans une autre légende, originaire de Mendive, comme la première, Basa Jauna exerce encore une puissance surnaturelle.

8. ANCHO ET LES VACHERS.

« Autrefois il y avait à Estérençuby, sur la frontière d'Espagne,

(1) A Arhansus, les Lamignac sont regardés comme les gardiens des richesses minérales.

quatre vachers, l'un desquels était un jeune garçon. Lorsqu'ils étaient endormis, dans leur cabane venait se chauffer Ancho, le seigneur sauvage (Basa Jauna). Et quand il s'était chauffé, il mangeait de leur nourriture. Les bergers recevaient un pain et d'autres mets, et en laissaient un morceau tous les soirs, la part d'Ancho.

« Une nuit, voyant que la part n'avait pas été faite, le petit garçon dit : — Où avez-vous la part d'Ancho ? — Donne-lui la tienne si tu veux, lui répondirent les autres. Le garçon laissa sa part sur la planche habituelle. Le seigneur sauvage arriva comme à l'ordinaire. Après s'être chauffé, il mangea la part du petit garçon. Bien réchauffé et repu, il partit, emportant les vêtements des vachers, sauf ceux du petit garçon.

« Cette nuit là il neigea très fort. Le lendemain matin, les vachers, ne trouvant pas leurs vêtements, dirent au garçon : — Va chercher nos vêtements. — Moi ? non, — Va, nous t'en prions. — Quelle récompense me donnerez-vous ? — Ils avaient une mauvaise génisse et la lui promirent.

« Le garçon part, et en arrivant à la citerne où était le seigneur sauvage, il cria : — Ancho, donnez-moi les vêtements de mes camarades. — Tu ne les auras pas. — Je vous en prie, donnez-les moi ; ils m'ont envoyé les chercher. — Que te donne-t-on pour ta peine ? — Une mauvaise génisse. — Prends-les donc, et prends aussi cette baguette de coudrier. Marque ta génisse et donne lui cent et un coup, le cent et unième plus fort que les autres.

« Le garçon fit ce qu'avait dit Ancho. Il donna à sa génisse cent et un coups, et après un court espace de temps, la génisse lui produisit un troupeau de cent et une belles bêtes.

« A cette époque, les seigneurs sauvages conversaient avec les chrétiens (1) ».

(1) Une légende de Musculdy montre en effet Basa Jaun conversant avec un chrétien.

« Des bergers, en changeant de pâturage, ont oublié leur gril au cayolar. Le plus jeune d'entre eux consent à l'aller chercher moyennant dix sous. Il part dans la nuit et trouve Basa Jauna au cayolar, faisant cuire sur le gril son propre souper.

Entre cette légende et la première, la figure de Basa Jauna a subi de profondes modifications. Il n'habite plus une caverne pleine de choses merveilleuses, mais une citerne abandonnée. On ne l'invite plus aux fêtes nuptiales ; il s'introduit la nuit dans les cabanes écartées, où on lui donne, où on lui refuse quelquefois de quoi manger. Il n'inspire pas le respect ou la crainte, mais la compassion ou le dédain, comme un être déchu. Il n'est plus le Seigneur, il est Ancho. La mention de la baguette de coudrier est d'accord avec ces marques de décadence. Elle fait de lui un pauvre sorcier, puissant encore, mais se cachant.

Cependant il n'a pas dépouillé complètement les caractères qu'il affectait dans la première légende. Grotte ou citerne, son habitation est toujours souterraine, il aime encore la compagnie des hommes, et, si pauvre qu'il soit, il reste le dispensateur des richesses. Nous regardions la seconde partie de la première légen-

---

Basa Jauna remettra toutefois l'instrument si le berger lui dit trois vérités. Le berger a la chance de rencontrer celles-ci : 1º La lumière du soleil éclaire mieux que celle de la lune ; 2º le pain est préférable à la méture (galette de maïs) ; 3º lui, berger, ne serait pas venu au cayolar, s'il avait su y trouver Basa Jauna. Basa Jauna n'a rien à dire là contre et remet le gril. Il ajoute ce conseil : « Ne sors jamais la nuit pour un salaire, mais gratuitement. »

La même légende avec la même affabulation, mais avec d'autres personnages, se reproduit à Mendive, à Camou-Suhast et à Beyrie. Je donne la version de Beyrie, lieu de la scène.

« Dans la maison appelée Inhurria (qui existe encore à Beyrie) servaient un jeune homme et une jeune fille. Un soir, selon l'habitude, les voisins s'étaient réunis dans le vestibule pour dépouiller le maïs, lorsque le domestique s'aperçut que le rateau avait été oublié dans une grange des champs. Il proposa à la jeune fille de l'aller chercher, lui promettant cinq sous pour sa peine. Quoique la somme fut minime, la jeune fille, par passion du gain, accepta et partit. Bientôt après elle revint, et jetant le rateau par dessus la porte du vestibule auprès des travailleurs, elle s'écria : « Voilà l'objet qui vous manque ; quant à moi, en punition de ma cupidité je me sens enlevée par une main invisible. » Ainsi emportée à travers les airs jusqu'à la chapelle du Sauveur, auprès de Mendive, elle implora Dieu : « Saint-Sauveur, venez à mon aide. » Une voix lui demanda : « As-tu observé le jeûne ? » — Non pas moi, mais ma mère l'observe tous les ans. » — Cela te servira, dit la voix. Au même instant elle fut déposée morte à la porte de la chapelle. »

La morale, dit le conteur, est qu'il ne faut pas faire de paris la nuit.

M. Francisque Michel cite (le *Pays basque*, p. 152) « un jeune fanfaron qui, pour cinquante centimes, va chercher une pioche oubliée dans les champs. Il est enlevé dans les airs, et porté jusqu'au dessus de l'hermitage de Saint-Antoine. Le Saint invoqué le délivre.

de comme un appendice. La légende d'Ancho ne fait pas un ogre mais un sorcier de Basa Jauna. Ogre et sorcier d'ailleurs sont des additions au texte primitif. Une autre addition que fait pressentir le nom d'Ancho est dans l'observation inattendue qui termine la légende, et dans la pluralité (1) des seigneurs sauvages. Si les seigneurs sauvages conversaient au commencement avec les chrétiens, ce nous est une nouvelle preuve que Basa Jauna, aux yeux des chrétiens, n'avait rien de commun avec le mauvais esprit. Quant à la pluralité des seigneurs sauvages, elle est le fait de la confusion qui s'est produite plus tard entre Basa Jauna et les Lamignac.

Le seigneur sauvage, bienfaisant dans les deux premières légendes, devient malfaisant dans la dernière, originaire de Larrau.

10. BASA JAUNA ET LE SALVE REGINA.

« Lorsque le village de Larrau fut fondé (2), le pays était couvert de forêts vierges, et le seigneur sauvage venait inquiéter les habitants, leur causant beaucoup de dommages en leurs biens. Alors le curé de Larrau établit l'usage de dire tous les samedis un *Salve Regina* à l'entrée de la nuit, et par ce moyen on parvint à éloigner le seigneur sauvage. »

(1) La pluralité des seigneurs sauvages ne peut être qu'une confusion née du temps. Les traditions constataient la présence de Basa Jauna en plusieurs lieux ; avec des caractères différents. On a conclu qu'il y en avait plusieurs.

(2) Je regarde les légendes comme la source unique où la critique doit puiser les éléments qui serviront à la connaissance des personnages mythologiques. Lorsqu'on interroge les paysans sur ces personnages, on s'aperçoit qu'ils n'en possèdent que des notions obscures, contradictoires, où se confondent toutes leurs superstitions. Pour eux, Basa Jauna ne diffère pas sensiblement d'une bête sauvage. Il est couvert de poils, comme un ours ; il se nourrit d'herbes ou de gibier ; il ne quitte pas les montagnes et les forêts ; il est cruel, il est voleur. Quand on leur demande des faits justificatifs, ils hésitent. Toutefois les notions qu'ils se sont faites ne sont pas toutes à dédaigner. Celles-ci, par exemple, sont bien conformes aux légendes : « Basa Jauna n'est pas sujet aux infirmités : il conserve toujours une force sans pareille ; il est insensible aux intempéries des saisons ; il marche jour et nuit ; il se venge de ceux qui parlent mal de lui. » On reconnaît l'*anima mundi*, le dieu.

Ici la progression décroissante est arrivée à son dernier terme et Basa Jauna est assimilé à l'esprit malin. La légende contient cependant une notion importante, en accord avec celles qui ont été déjà relevées. Elle constate une fois de plus le pouvoir attribué à Basa Jauna, dans les anciennes croyances, sur les biens de la terre. Comme il a été le maître des trésors, le maître des troupeaux, il est encore le maître des moissons. Sa ressemblance avec le Pluton Orphique se complète ainsi.

Basa Jauna, autant qu'on peut le déterminer avec un si petit nombre de documents, paraît avoir été une personnification de la nature, tantôt bienfaisante, tantôt malfaisante, donnant ou ravissant les troupeaux et les moissons, disposant, à son gré, de la fortune du laboureur. De ce double aspect est résulté dans les légendes composées dans un âge plus récent son caractère capricieux et malicieux.

Quant à ses relations avec Jinco, aucun document jusqu'ici connu ne peut en donner une idée satisfaisante. Il a sans doute un domaine propre, où il semble indépendant. Mais la notion de Jinco, telle qu'elle résulte d'une seule légende, lui attribue un rang supérieur. Dans ce dualisme particulier qui n'est pas un antagonisme, Jinco représente l'ordre, l'immuable, et Basa Jauna, le variable, que l'homme, encore ignorant, sépare de l'ordre éternel (1).

Jinco n'a point d'agents inférieurs ; sa puissance s'exerce par un simple acte de sa volonté. Basa Jauna se décompose en une multitude de Lamignac.

Les Lamignac figurent d'abord dans deux légendes dont les détails identiques se rapportent à des circonstances et à des lieux différents. La première de ces légendes raconte la construction de l'Eglise d'Espés.

11. L'ÉGLISE D'ESPÉS.

« Jadis les Lamignac bâtirent en une seule nuit l'Eglise d'Espés.

(1) Le dualisme existerait encore avec la notion de Jinco, pur esprit.

Et se passant les pierres l'un à l'autre, les Lamignac disaient :
« Tiens ! Guillen ; — Prends ! Guillen ; — La voilà ! Guillen.
Nous étions douze mille, et tous nous nous nommions Guillen. »
Mais pour avoir travaillé précipitamment, ils firent le mur
penchant sur la route. » (1)

La seconde légende est originaire de Musculdy, quoiqu'elle concerne le pont de Licq.

12. LE PONT DE LICQ.

« Jadis, les anciens de Licq ne pouvaient construire un pont
sur le gave. A l'endroit où l'on désirait construire ce pont, il y
avait trois Lamignac, tous trois se nommant Guillen. Un jour, ces
Lamignac dirent à un homme de Licq : qu'ils construiront un pont
de pierre la nuit, veille de la Saint-Jean, s'il veut en paiement leur
donner son âme. L'homme le leur promit, à condition que le pont
sera construit dans une même nuit, avant que le coq ait chanté.
La nuit de la veille de Saint-Jean, les trois Guillen ensorcelèrent
d'abord tous les coqs et commencèrent à travailler, disant, en se
passant les pierres : « Tiens ! Guillen ; — donne ! Guillen ; —
Prends ! Guillen. » Pour terminer le pont, ils avaient à la main la
dernière pierre, lorsqu'un poussin, encore dans l'œuf, sous la
poule, chanta. Alors les trois Guillen dirent : « Adieu (adio) notre
paiement », et jetèrent la pierre dans l'eau.

« Depuis lors une pierre manque, dit-on, au pont de Licq. »

La première légende est purement mythologique ; la seconde

---

(1) L'Eglise d'Arros a aussi été construite par les Lamignac, si l'on en croit
une légende d'Arhansus. Les gens du village voulaient mettre l'édifice sur la place.
Mais toutes les nuits les Lamignac reportaient les matériaux sur la montagne. Un
Arrosien, plus futé que les autres, veut voir comment cela se fait, et se met en
sentinelle. Il s'endort de fatigue sur une poutre. Les Lamignac, à la fin de leur
besogne mettent la poutre sur le toit, avec l'homme dessus, encore endormi. Voilà
pourquoi l'Eglise d'Arros est au sommet de la montagne.

est mélangée de croyances d'un âge plus récent. Il n'est pas douteux que les Basques aient su autrefois la distinction de l'âme et du corps ; mais cette distinction n'était pas telle que l'entendent les chrétiens, puisque leur langue en a emprunté les termes à la langue latine: *arima*, (anima); *izpiritua*, (spiritus); *gorputza*, (corpus). La vente d'une âme n'appartient donc pas à la mythologie basque, et doit être éliminée comme un élément étranger. Le fonds commun de ces deux récits est que les Lamignac travaillent la nuit à une œuvre de bienfaisance, qu'ils sont tous des mâles, des Guillaume, et innombrables. — Les Basques disent douze mille.

Contrairement à ces deux légendes si précises, beaucoup de basquisants veulent que les Lamignac aient été femelles, et la légende de Camou qui substitue à la Basa Andere une Lamigna, semble leur donner raison, quoique cette même légende confonde Basa Jauna lui-même avec un Lamigna, sans raison. Une autre légende, originaire de Camou également, apporte un argument de fait à l'appui de l'opinion des basquisants.

13. LA DAME AU PEIGNE D'OR.

« Du côté de Valcarlos sont des précipices et des cavernes de Lamignac.

« Un garçon, passant près d'une de ces cavernes, y jeta les yeux par dessous une pierre. Il y vit une dame (andere) qui se peignait. Elle avait une très-belle chevelure jaune. Le garçon lui ayant adressé quelque plaisanterie, la dame se mit à sa poursuite. Le garçon s'enfuit, et apercevant un point éclairé par le soleil, il y sauta. La dame ne pouvant le suivre à l'endroit où brillait le soleil, lança contre lui son peigne d'or, qui alla s'enfoncer dans son talon. »

Si l'on retranche la première ligne qui ressemble à une entrée en matière, on voit qu'il n'est plus question de Lamignac dans le

3

récit, mais simplement d'une dame. Les éléments de la légende sont les mêmes que dans celle de Mendive : le berger, la dame, le peigne d'or, la caverne. Il s'y trouve des éléments nouveaux fort remarquables, que nous ne pouvons que noter encore : le berger blessé au talon, comme Achille ; le peigne d'or lancé comme la flèche de Paris ; la chevelure jaune propre aux divinités solaires (1).

La dame au peigne d'or se retrouve dans une dernière légende, sans assimilation aux Lamignac.

14. LA DAME AU PEIGNE D'OR.

Dans la grotte du mont Orhy, un berger vit un jour une jeune dame se peignant avec un peigne d'or, laquelle dit au berger : « Si tu veux me tirer sur ton dos de cette grotte, le jour de la saint Jean, je te donnerai toutes les richesses que tu désireras. Mais quoi que tu puisses voir sur ton chemin, tu ne devras point t'effrayer. » Le berger promit ; le jour de la saint Jean venu, il prit la dame sur son dos et se prépara à l'enlever de la grotte. Mais il aperçut tout-à-coup sur sa route des bêtes fauves de toute sorte ; et un dragon qui lançait des flammes de sa gueule l'épouvanta tellement qu'il abandonna là son fardeau et s'enfuit.

« La dame jeta un cri terrible et dit : « Maudit soit mon sort, je suis condamnée à vivre encore mille ans dans cette grotte. » (2)

La dame de ces deux légendes me paraît se rapporter davantage

---

(1) Basa Jauna, l'infatigable marcheur, qui passe la nuit dans les cavernes a-t-il été à une certaine époque de son développement, un Soleil ? c'est ce qu'on ne peut dire encore.

(2) Légende analogue à Arhansus, mais l'enlèvement réussit. Basa Jauna *en meurt de chagrin.*

Dans une autre légende, originaire d'Arhansus également, la dame devient un Lamigna, qui promet un tablier plein d'or au berger s'il veut le transporter sur son dos à un endroit désigné. Marché fait, le berger prend le Lamigna et un sac d'or. Dans une forêt, des serpents et des crapauds essaient de l'effrayer. Il se défend comme il peut avec son makhila et arrive dans une grande rivière. Il jette à l'eau le Lamigna, *qui se noya probablement car on n'en entendit plus parler.*

à la Basa Andere qu'aux Lamignac. Il y a là un mythe bien carac-
térisé dont les éléments incomplets encore ne permettent pas de
saisir le sens. Mais le sens du mythe n'importe pas absolument à
la détermination de la personnalité des Lamignac.

On les confond habituellement avec les fées, assimilation qui
satisferait si les fées n'étaient toujours femelles. L'on voit en effet
que les Lamignac subissent les mêmes transformations que les fées
dans le temps. Après s'être montrées le jour, dans la caverne,
elles fuient le jour et la lumière, de bienfaisantes elles deviennent
vindicatives ; enfin elles sont victimes d'un pouvoir plus fort.

On a voulu aussi les comparer aux Lamies latines, dont elles
seraient la descendance, en vertu d'une étymologie fautive. Mais
quel rapport entre les Lamies, hideuses productions d'une époque
de décadence, fantômes de la plèbe et ces Lamignac alertes qui
travaillent la nuit, il est vrai, mais toujours à une œuvre de bienfaisance. Il faut laisser toute comparaison et conserver au génie
basque et à la religion antique des Basques la propriété des Lamignac. Si un rapprochement pouvait être fait, il aurait lieu avec les
génies, esclaves de la lampe et de l'anneau, qui construisent, en
une nuit aussi, le palais d'Aladin. Dans le salon qui couronne ce
palais merveilleux, et qui est éclairé de vingt-quatre fenêtres fer-
mées de jalousies en pierres précieuses, une jalousie a été oubliée.
Ainsi il manque une pierre au pont de Licq, ainsi l'église d'Espés
ne suit pas exactement la verticale. (1)

Cette impuissance des génies à terminer une œuvre est digne
d'attention. Mais il y a une raison de croire qu'elle n'est pas ca-
ractéristique, qu'elle n'est, dans les légendes, qu'un accident, une
altération récente. Les génies ou fées des traditions populaires ont
été tous assimilés au moyen-âge au malin esprit, dont les œuvres

(1) Aux exemples cités on peut ajouter ceux de nos contes de fées ; dans « la
belle aux bois dormant » les dons favorables de six fées au baptême de la princesse sont annihilés par une méchante vieille ; à son tour le don de la vieille est
détourné par une jeune fée. L'ogre tue ses filles au lieu du petit Poucet et de ses
frères, le carrosse de Cendrillon redevient citrouille à minuit, etc.

ont l'imperfection pour signe nécessaire. Basa Jauna et les Lamignac ont surtout subi cette assimilation ; et c'est à cela qu'il faut attribuer leur impuissance dans tous les actes dont les légendes nous ont conservé le souvenir. Basa Jauna est joué par Hacherihargaix, le renard subtil, à deux reprises différentes ; les Lamignac par un simple poussin, qui n'est pas même éclos.

En était-il ainsi dans les traditions basques avant les altérations que le changement de culte leur a imposées. On peut en douter. Outre les œuvres de construction attribuées aux Lamignac, églises, ponts, maisons à toits élevés etc., il est certain, par le témoignage des basquisants, quoique aucune légende, jusqu'ici, ne vienne l'appuyer, que les Lamignac avaient le pouvoir « de changer en champs fertiles ou en vertes prairies un terrain aride.» Leur œuvre, en ce cas, ne pouvait être incomplète. (1)

La mythologie classique avait ses *locorum genii*, *génies des lieux*, qui attestaient, sous une forme naïve, qu'aucun coin de l'univers n'échappait à la divine surveillance ; les Lamignac sont une conception analogue, plus remarquable peut-être. Ils ne sont pas seulement des surveillants, ils sont des agents. Il semble que rien ne germe, ni ne mûrit, ni ne s'élève sans leur intervention. Leur nombre infini permet qu'ils accomplissent des travaux prodigieux. Il y en a autant que de pierres pour le monument à élever, autant que de brins d'herbes ou d'épis dans les champs ; la tâche de chacun est petite, et le résultat infini comme leur nombre.

(1) Dans la légende suivante, d'Arhansus, les Lamignac sont mis en rapport à la fois avec le travail des champs, celui des mines, et celui des maisons ; peut-être même avec la naissance des enfants.

« Jadis, bien avant la venue de N.-S., des laboureurs, hersant leur champ, sentirent avec surprise les dents de la herse résister. En cherchant la cause ils trouvèrent sous chaque dent un enfant qui geignait. A cette vue, pris de compassion, ils enlevèrent les enfants et les portèrent chez eux, où ils les élevèrent comme les leurs, dans leur religion. Or, ces petits étaient envoyés par les Lamignac de dessous la terre, pour étendre leur race. Quand ils furent devenus grands, leurs parents leur firent, pendant la nuit, des maisons en pierre de taille, comme des palais. Tous les enfants se nommèrent Guillaume : « Guillaume par ci, Guillaume par là. » Quand on leur demandait qui ils étaient, ils répondaient : « Nous, nous sommes les enfants des Lamignac. Nos parents travaillent à fabriquer l'or et l'argent pour nous, quand nous serons grands. »

⸗ J'ai dit qu'ils étaient des dédoublements de Basa Jauna. Ils n'ont pas en effet d'autre œuvre que la sienne, et c'est lui-même qui agit en eux.

.Le fait que les Lamignac travaillent seulement pendant la nuit peut avoir, si je ne me trompe, son explication dans une observation de fait. Du matin au soir, l'œil le plus attentif ne voit pas les progrès de l'herbe ou du bourgeon, l'accroissement est continu et par conséquent insensible. Du soir au matin au contraire, il y a une différence. Le brin d'herbe a poussé, le bourgeon a grossi visiblement. Le premier rayon de soleil, le premier chant du coq fait évanouir les Lamignac, parce que leur œuvre journalière est terminée. Mais ils recommenceront leur besogne quand le soleil sera couché. L'esprit malin est un esprit de ténébres ; et par ce côté encore les Lamignac bienfaisants prêtaient à l'assimilation que nous avons plusieurs fois constatée.

III.

SORCELLERIE ET SUPERSTITION.

La sorcellerie dont de Langle fait un si effroyable tableau au commencement du XVIe siècle, était chez les Basques une importation de l'étranger, du Béarn probablement, où, dès la fin du XVe siècle, elle était poursuivie par les lois. Les termes qui la concernent sont en effet empruntés aux langues romanes. Sort, *sortea* ; sorcier, *sorghina* ; sorcellerie, *sorghinkeria* ; maléfice, *charma* ; sabbat, *sabato ;* revenant, *arima erratua* ; évocation, *errequeria* ; ensorcellement, enchantement, *charmamendua* ; enchanteur, *charmatzailea* ; enchanter, *charmatzia* (1). L'isolement, où ont vécu jusqu'à ce jour les Basques, a permis à la sorcellerie, une fois implantée chez eux, de se développer en toute liberté. Elle disparaîtra avec les mauvais chemins. Les sorciers perdent singulièrement de leur considération quand on les voit s'en aller à St-Palais, entre deux gendarmes. Il y a aussi quelques grands gaillards, revenus « des Amériques » qui, dans leurs luttes contre la nécessité ont pris en eux-mêmes une certaine confiance qu'ils inspirent peu à peu à leurs voisins. Les sorciers se cachent maintenant pour exercer leur petite industrie. Quoique la discrétion de leurs dupes soit admirable, ils craignent un mot imprudent. Cependant on connaît encore les *saludadores*, qui guérissent les gens et les bêtes par un simple attouchement, ou quelques gouttes d'eau bénite jetées sur la tête. Cela se réduit à ce que, dans les autres parties de la France, on appelle : « le secret. »

Quant aux relations avec le sabbat, ce ne sont plus, comme

(1) Dans les contes suivants, je trouve le mot sabbat rendu par *akhelarre,* de *akher,* bouc, et *larrea,* terrain en nature de pâturage.

dans le reste de la France aussi, que des souvenirs, mais vifs encore. Il y a des gens soupçonnés, on n'en trouve plus qui s'affirment, ou qui soient convaincus.

Nos contes basques offrent la même particularité que les contes français du XVIe siècle. Le diable n'y vient jamais à ses fins. Une prière dite à propos, un hasard, un tour d'adresse délivre le patient.

Un de ces contes, dont la longueur serait peu en rapport avec cette brève étude, reproduit, sauf le dénouement, les éléments si bien mis en œuvre par Rabelais et Lafontaine. J'en donne seulement le résumé.

« Le pauvre Manech (Jean) chargé d'enfants et de dettes, n'ayant plus de pain, ni de travail pour en gagner, prend le parti de vendre son âme à Belzébuth. Il se rend donc au sabbat qui se tient sur le mont Orhy (1), et conclut un pacte qui assure la fortune à lui et à sa famille, mais à condition qu'après vingt ans, Belzébuth aura son âme. Voilà Manech enrichi, mais fort préoccupé de l'échéance. Sa femme remarque sa tristesse et lui arrache son secret : « N'est-ce que cela, dit-elle, repose-toi sur moi. » Belzébuth arrive, la vingtième année écoulée. La discussion s'engage sur les droits de la femme et sur ceux du malin. Mais le malin raisonne fort bien. Manech a contracté une dette. Il faut payer. « Accorde-lui, dit la femme, le temps de faire sa prière ; en attendant, comme je ne le veux point quitter, tu ne peux me refuser de blanchir ces deux toisons. » Le diable consent, va au ruisseau et lave à tours de bras. Mais l'une des toisons est blanche, et reste blanche ; l'autre qui est noire, ne veut pas blanchir. Il remonte harassé et vaincu : « Cattalin, dit-il, garde tes toisons et l'âme de ton homme, je perds mon temps ici. » Il s'en va ; et Dieu pardonna, dit le conte, au pauvre Manech, parce qu'il avait péché par amour pour les siens. »

_____

(1) Le mont Orhy, haut de 2,017 mètres est dans le canton de Tardets, sur la limite espagnole. Le conte est populaire à Arbératz-Sillégue, du même canton.

Les deux contes suivants, moins longs que le premier, mériteraient mieux une reproduction littérale : un résumé suffira à en donner le plan.

« Un bossu est fiancé à une jeune sorcière, qui s'absente tous les samedis, jours consacrés aux entretiens des fiancés. Il découvre son secret et obtient de la suivre au sabbat le samedi suivant. Mais il oublie le mot d'ordre (1), et le président, au milieu d'un tapage infernal, ordonne qu'on lui enlève sa bosse et qu'on la fixe au bout d'une pique. L'opération est faite immédiatement et le lendemain, jour de dimanche, le bossu, droit comme un jonc, se carre sur la place du village. Une si belle cure met en émoi tous les bossus des environs ; ils arrivent à la file et demandent des renseignements. On ne les obtient que moyennant finance. Un richard accepte et est conduit au sabbat. A son tour il oublie le mot d'ordre. La punition n'est pas la même. Au lieu d'une bosse il en a deux. »

Le troisième conte a quelque ressemblance avec celui-là :

« Un jeune homme est fiancé à une jeune sorcière, qui le presse de partir un samedi à minuit. Minuit sonne cependant avant le départ du jeune homme. La sorcière lève la pierre du foyer, prend un vase caché là, se frotte d'une drogue et disparaît par la cheminée. Elle reparaît après trois heures. Rendez-vous est pris pour le lendemain (le samedi suivant?) et le jeune homme et la sorcière se rendent ensemble au sabbat. Le président, « un monsieur habillé de rouge », fait l'appel et présente un registre où le jeune homme doit mettre sa signature. En vrai Basque, le récipiendiaire appose une croix. Tout disparaît. Le jeune homme reste seul sur la montagne. Un prêtre à propos le conseille. Le sabbat

---

(1) Le mot d'ordre consiste à répondre à l'appel : « lundi, un ; mardi, deux ; mercredi, trois ; jeudi, quatre ; vendredi, cinq ; samedi, six ; » il faut s'arrêter là et ne pas prononcer le mot de dimanche, jour du Seigneur. C'est une vraie formule cabalistique, aussi dépourvue de sens qu'on peut le désirer.

recommence la nuit suivante ; le jeune homme, usant d'une formule, suit sa fiancée au milieu d'une ronde (1) et la force à le rapporter chez lui. Depuis lors, il ne fit plus sa cour à la sorcière. » (2)

Ce conte est plus ancien que le précédent, où l'esprit du conteur, plus libre, badine avec les superstitions moins respectées.

Je cite textuellement un conte d'Orrègue qui échappe à la vulgarité.

15. La chatelaine qui a vendu son ame.

« Une mère vivait avec sa fille unique ; la fille était belle comme une étoile, et aussi paresseuse que belle. Un jour la mère n'ayant pu obtenir qu'elle lavât du linge avec elle, la battit si fort que la belle fille se mit à pleurer, assise sur la pierre du lavoir.

« En ce moment vint à passer le seigneur du château qui dit à la mère : « Qu'avez-vous donc fait à cette belle enfant pour qu'elle pleure ainsi ? » — « Monseigneur, elle voudrait laver avec moi, mais je n'y consens pas. Elle est trop belle pour un travail si rude et pénible. ?» — « Sait-elle coudre ? dit le seigneur. » — Si elle sait coudre ? dit la mère, elle est capable de faire sept chemises d'homme en un jour. » Le seigneur, épris de la beauté de la jeune fille, et ébloui par l'éloge qu'on en faisait, demanda qu'elle fut conduite

---

(1) Le chant de la ronde est le même dans les deux contes · « *Etchen çahar; heben gazte.* Vieux à la maison, jeunes ici. » Il y a une formule pour l'opération de l'onction : « O.en bat heraco ; oren bat hanco ; oren bat hounaco ; odeyen petic ; khaparen gagnetic, eta frist. » « Une heure pour aller ; une heure pour rester ; une heure pour revenir ; par dessous les nuages ; par dessus les buissons ; et frist. » Ce sont des vers, une incantation.

(2) Ce conte se retrouve dans les légendes françaises des Basses-Pyrénées. M. Lespy le cite en son étude des *Sorcières dans le Béarn*, insérée dans les mémoires de la *Société des lettres et arts de Pau*, tom. iv. p. 34. Le lieu de la scène est Sauvagnon, village de la lande de Pau. Le conte Béarnais ne diffère du conte Basque que par les éléments propres à l'une ou à l'autre des deux races. Le dernier contient une conclusion morale et pratique qui fait défaut au premier.. La comparaison des deux textes offrirait certainement à un esprit ingénieux l'occasion de remarques intéressantes.

au château, promettant de l'épouser si une seule fois elle cousait sept chemises en un jour. Ainsi un matin il l'enferma dans une chambre, et lui remit la toile nécessaire. Les sept chemises devaient être faites avant le coucher du soleil. Toute sa vie la jeune fille avait été si paresseuse qu'elle ne savait même pas enfiler une aiguille. L'heure du coucher du soleil approchait ; elle n'avait pas encore commencé son ouvrage ; elle ne savait que faire et restait triste et pensive.

« Tout-à-coup une vieille femme parut à la croisée et lui dit : « Que fais-tu là, et pourquoi es-tu si triste ? » — « J'ai, répondit la jeune fille, sept chemises à coudre aujourd'hui avant le coucher du soleil, et ne sais comment m'y prendre. Je ne sais pas même enfiler mon aiguille.» — «Si tu veux, répondit la vieille, qui était sorcière, me promettre de te rappeler mon nom dans un an, ou que tu me donneras ta personne pour en disposer à mon gré, je fais ton ouvrage en un instant. » — « Quel est votre nom ! » — « *Maria Kirikitoun ; hire icenaz nehar orhaituco eztun* », c'est-à-dire : Maria Kirikitoun ; nul ne se rappellera mon nom.» — « Je vous promets ce que vous me demandez. »

« Ainsi la jeune fille, à l'heure fixe, présenta les sept chemises admirablement faites, et le seigneur dut tenir sa parole. Mais comme elle était fort ignorante en toutes choses, il la plaça dans un couvent, et après l'y avoir tenue quelque temps, il l'épousa. Elle vécut d'abord avec son mari, entourée de plaisirs ; mais la fin de l'année approchant, elle ne put s'empêcher de songer au nom de la sorcière qu'elle avait oublié, et à la promesse qu'elle avait faite, et elle restait plongée dans la tristesse. L'année allait expirer, le dernier jour était proche. Le seigneur, pour distraire sa femme et la réjouir, réunissait tous les jours ses amis, et donnait dans son château les fêtes les plus brillantes.

« Enfin, le dernier jour, une vieille mendiante se présenta à la porte du château et demanda à une suivante le motif de ces fêtes et de ces réjouissances. Celle-ci répondit que la jeune châtelaine dépérissait de tristesse, et que, pour la distraire et réjouir, le seigneur donnait ces fêtes ; qu'en outre il promettait une somme d'argent à qui ferait sourire sa femme. La mendiante reprit : « Si la châtelaine voyait ce que j'ai vu aujourd'hui, sûrement elle rirait. » Aussitôt on fit entrer la mendiante dans le château, et, devant la châtelaine, on lui demanda ce qu'elle avait vu. « J'ai vu dans un ruisseau une vieille sautant d'une berge à l'autre et criant :

« Hééépa ! Maria Kirikitoun,
Ene icenaz nehar orhoituco eztun.
Herri huntaco andreric ederrena gaur enetaco gun. »

C'est-à-dire : Heéépa ! Marie Kirikitoun ! Personne ne retiendra mon nom. La plus belle dame du village sera cette nuit ma possession.

« La jeune châtelaine, en entendant prononcer le nom qu'elle avait oublié, se hâta de l'écrire et récompensa la vieille mendiante, heureuse de pouvoir répondre à la sorcière qui ne manqua pas de venir le soir même réclamer l'exécution de la promesse.

« Pensez comme elle fut reçue. » (1)

(1) Dans une légende du Sleswig, publiée par M. Fischer, dont M. Léouzon-Leduc a donné la traduction, on retrouve les deux éléments mythologiques du conte basque : la tâche à terminer à un moment précis, le nom du sorcier à retenir. « Les habitants d'Egvad, nouvellement convertis, veulent bâtir l'église de la paroisse. Ils ont marché avec un architecte, à condition que, si le monument n'est pas achevé dans un délai fixé, il sera mis à mort. L'œuvre commence et va rapidement. Mais bientôt les obstacles naissent, les ouvriers quittent la besogne l'un après l'autre, et le moment fatal approche. Alors se présente un étranger qui propose à l'architecte d'achever sa tâche, pourvu que celui-ci lui abandonne son âme. Toutefois il pourra se racheter s'il trouve le nom de l'étranger avant la pose de la dernière pierre.
« Le marché est conclu : de nouveaux ouvriers se mettent à la besogne, et l'architecte se reprend à espérer Mais ses informations sur les ouvriers et le nom du maître n'aboutissent point, et le jour va se lever. Il s'étend sur un tertre et prie. En ce moment du centre du tertre s'élève un bruit de voix, C'est une femme. la femme de l'étranger, qui chante pour apaiser son enfant. Elle prononce le nom de son mari : Hykler (fourbe, diabolus). L'architecte est sauvé. Il arrive au moment où Hykler tenait la dernière pierre, et l'interpelle par son nom. Le fourbe dévoilé lance la pierre à plus d'un demi-mille. Le soleil se lève et Hykler disparaît. La pierre manque encore à l'église d'Egvad. »
Cette conclusion se retrouve aussi dans nos contes basques, comme on l'a vu à

IV.

LÉGENDES HISTORIQUES.

Cette rubrique n'est guère que l'indication d'un désidératum. Aucune race ne s'est moins souciée que la race basque, non-seulement de l'histoire générale, mais même de sa propre histoire. Avec un caractère hardi et aventureux qui n'a pas laissé de jeter un grand éclat depuis les Romains jusqu'aux luttes actuelles de la Péninsule, les Basques sont toujours revenus, après des efforts héroïques d'un moment, à leur indolente indifférence pour tout ce qui touche les autres races, la gloire des armes, et la gloire des arts. Leur nom leur est cher, et leur liberté et leur foi religieuse; le reste, à ce qu'il semble, leur importe peu. On ne peut dire qu'ils n'aient pas le culte des souvenirs ; le soin qu'ils mettent à la conservation des tombeaux, aux inscriptions, aux dates qui y sont toujours gravées, aussi bien que sur toutes leurs maisons. témoigneraient du contraire. Mais ce culte ne s'étend pas au-delà de la famille, ou du clan. Il s'agit là de leur noblesse particulière, de leur existence sur le sol depuis tant de générations. Rien au contraire ne leur rappelle la noblesse du peuple basque, ses efforts, ses exploits, ses malheurs. Leurs églises sont d'une pauvreté sans égale, sans architecture, sans sculpture, sans peinture, et ils n'ont point d'autres monuments publics. Ces églises n'accusent aucune époque ; c'est le maçon du village et le charpentier du village qui en font tous les frais, aujourd'hui, comme il y a un siècle ou mille

propos de l'église d'Espés ; c'est un troisième élément mythologique commun aux traditions des deux peuples. Les pierres lancées au loin sont l'accident final.

Le nom de la sorcière basque est moins facile à comprendre que le Hykler danois. Il est possible d'ailleurs qu'il n'ait pas de sens, et que les éléments en aient été combinés seulement de façon à faire un ensemble étrange, difficile à retenir par conséquent pour une jeune fille, que l'on donne comme paresseuse et ignorante.

ans, avec les mêmes matériaux à peine dégrossis, sur un plan qui
ne varie pas. Ils ne sentent pas ce besoin élevé des autres peuples
de marquer chaque époque où ils vivent d'une empreinte particulière, de laisser d'eux un souvenir qui ne soit point confondu avec
tous ceux dont se compose l'histoire d'une nation.

La moitié des mots de leur langue est empruntée au latin. C'est
le signe de relations longues et intimes. Ils n'ont rien retenu des
Romains. De leurs luttes passées avec les Goths, ils ont conservé
un mot : *cagot*. Le nom de Charlemagne leur est plutôt revenu à la
suite de leurs rapports ultérieurs avec la France qu'il n'était resté
chez eux après la bataille de Roncevaux (1). La féodalité s'est
établie dans leurs montagnes tout aussi bien qu'en France et en
Espagne ; beaucoup de Basques prétendent qu'ils sont tous nobles,
et n'ont jamais eu de seigneurs. Mais tous connaissent à merveille
le beau préambule des coutumes de Soule :

« Par la coutume, de toute ancienneté observée et gardée, tous
les natifs et habitants en la terre sont francs et de franche condition
sans tache de servitude. Les habitants de Soule, parce qu'ils sont
assis à l'extrémité du royaume, entourés et clos entre les royau-
mes de Navarre, d'Aragon et pays de Béarn, peuvent porter leurs
armes pour leur défense et dudit pays en tout temps. » (2)

Ces coutumes de Soule sont écrites en béarnais ; celles de
Labour en français. Tous les actes, tous les jugemens étaient ré-
digés dans ces deux langues, signe de sujétion que les Basques
acceptaient sans le comprendre, pourvu qu'ils fussent libres de

---

(1) Voyez ce que dit M. Bladé du chant des Cantabres et du chant d'Altabiscar.
(2) Per la costume de toute ancianetat observade et goardade, totz los natius et
habitás en la terre son francs et de franque condition, sens tache de servitut. —
Les habitans de Sole, per so que son assis en l'extremitat deu Reaume, circundats
et clos entre los Reaumes de Navarra, de Aragon et pays de Bearn, poden portar
lors armes per lor deffence et dendict pays en tout temps. (Coustumes générales du
pays et vicomté de Sole p. 3 et 4. Les franchises du Labour sont rejetées à la
dernière page des coutumes du baillage de La Bourt : elles sont moins étendues.

parler entre eux leur langue maternelle et d'administrer leurs communes (1).

Les essais de réforme de Jeanne d'Albret ne les ont pas ébranlés, pas plus que ceux de la Révolution. Ils ont laissé ces grands événements se produire autour d'eux sans y prendre part. Ils sont restés ce qu'ils étaient.

La tradition a conservé en Soule le souvenir de Roland. « Quoique nous ne sachions pas l'histoire, disent deux anciens de Lacarry, nous avons entendu nos pères nous parler de Charlemagne et de Roland que nous regardons comme un nouveau Samson (2). Ce roi devait traverser les Pyrénées pour faire la guerre aux Espagnols, et Roland l'accompagnait. Soit pour intimider les ennemis, soit pour faire preuve de sa force, Roland résolut de faire un coup extraordinaire. Il s'en va à la petite montagne de la Magdeleine, près de Tardets, prend d'une main ce bloc que vous voyez (3), et veut, par-dessus les Pyrénées, le lancer jusqu'au milieu des premiers villages espagnols. Mais en prenant son élan, son pied glisse sur le terrain humide et la pierre lancée tombe en deçà des Pyrénées sur l'Anthoule (4). Le bloc porte encore les traces des cinq

---

(1) La chose existait, sinon le mot. Voyez les coutumes citées.

(2) Samson n'intervient pas au hasard dans cette tradition. Samson est basque, ni plus ni moins que Roland ; il est son serviteur, même son cousin, et garde ses vaches sur la montagne de Saint-Just. Un jour Samson s'endort ; les Lamignac détournent son troupeau et en font bombance. Samson éveillé court à leur recherche et dans l'aveuglement de sa colère prend une troupe d'ours pour son troupeau de vaches. Il enchaîne les animaux récalcitrants, les ramène à l'étable ou il les enferme. Le lendemain, Roland, arrivé au cayolar, trouve les ours hurlants. Il poursuit les Lamignac et les extermine. C'est depuis ce temps-là, disent les gens d'Arhansus, qu'il n'y a plus de Lamignac.

Dans le même coin du pays, le roi Salomon est un grand chasseur armé d'un fusil, et qui entend la messe. Un lièvre passe et la messe est oubliée. Depuis lors Salomon chasse toutes les nuits avec son fusil et sa meute dont les aboiements effraient le voyageur attardé.

(3) Le bloc mesure à peu près 2,000 mètres cubes.

(4) L'Anthoule est une colline à 12 kil. de la Magdeleine. Roncevaux est d'ailleurs à l'extrémité occidentale du pays basque français, Tardets à l'extrémité orientale.

doigts d'une main énorme, et elles n'ont point été creusées par un instrument. » (1)

Je n'ai pas besoin de faire remarquer que c'est là une simple tradition et non une légende ; c'est-à-dire que le récit n'a pas été soumis à ce travail instinctif qui, de génération en génération, l'arrange et le modèle jusqu'à ce qu'il arrive à une forme définitive, telle qu'il n'y a plus rien à y ajouter, ni rien à en retrancher. Un tel épisode, dans une chanson de geste, aurait fourni la matière de tout un chant ; il serait devenu une romance énergique entre les mains d'un poète espagnol. Chez les Basques il n'est qu'un argument que personne n'a songé à mettre en œuvre.

Bien préférables sont deux anecdotes sur une dame de Ruthye, d'Aussurucq, qu'on dirait extraites de quelque vie des saints.

« Un jour la dame de Ruthye sortit du château, portant dans son tablier deux petits pains destinés à deux pauvres du village. Son mari l'arrêta : « Que caches-tu dans ton tablier et où vas-tu ? — Je vais, dit-elle, porter chez le tisserand deux pelotons de fil. » Le mari ouvrit le tablier et, au lieu de pains, trouva deux gros pelotons de fil. » (2)

(1) Une légende analogue se retrouve à Arhansus. « La commune de Saint-Just refusa un jour de *payer les contributions* au neveu de Charlemagne. Roland résolut de la punir d'une manière exemplaire. Debout sur un pic voisin, il saisit un rocher énorme et prit son élan pour le lancer sur le village. Mais le rocher glissa dans sa main, roula sur la pente et s'arrêta dans le ruisseau. On l'y voit encore, portant les empreintes des doigts de Roland.

Le souvenir de Roland est très vivace dans les Pyrénées basques. A Musculdy les traditions, non les légendes. le suivent de sa naissance à sa mort. Roland (*Arolan*) est un enfant trouvé — on n'ose dire basque — par un berger de Soule qui l'élève à garder ses troupeaux. Dès l'âge de quatre ans, prenant un loup pour un veau, il conduit le carnassier à l'étable, en le tirant par la queue et par l'oreille. Il se débarrasse de trois chiens de berger (ces chiens sont énormes dans les Pyrénées), qu'on avait excités contre lui. Il tue les Mairiac (Lamignac ?) qui avaient dérobé ses vaches. Devenu grand, il s'arme d'une poutre de fer et *s'engage dans les troupes* de Charlemagne. La bataille de Roncevaux n'est pas oubliée. Fatigué de carnage et mourant de soif, Roland, d'un coup d'épée, fait jaillir une source, et *crève pour avoir trop bu d'eau.*

(2) M. Francisque Michel a donné (le *pays basque*, p. 399) la même anecdote racontée en 18 couplets de 4 vers.

Le trait est moins gracieux que celui qui est rapporté de sainte Elisabeth de Hongrie ; mais il est bien basque par tous les détails. Le suivant semble réunir l'humilité de l'épouse chrétienne et la superbe d'une grande dame.

« Le seigneur de Ruthye avait pris pour maîtresse une pauvre fille du voisinage. La dame le sut, alla visiter la voisine et vit que les draps de lit étaient de toile d'étoupe. De retour au château, elle fit porter à la fille des draps de fin lin, disant qu'elle ne voulait pas que son seigneur se mît entre des draps grossiers. Le même soir, le seigneur de Ruthye demanda à la fille d'où elle avait ces beaux draps de lit : « C'est ma dame, dit-elle, qui les a envoyés. » Le seigneur de Ruthye sortit, et ne revint plus dans cette maison. »

Voilà tout ce que les gens d'Aussurucq ont retenu de leurs anciens seigneurs.

Un autre nom a survécu dans la Soule. Chaho, dans son voyage de Navarre, raconte à sa façon un terrible combat de Gaston de Belzunce avec un dragon, à Irubi. Il a soin d'en donner la date, ou une date approximative, 1483 ; et il est avéré que le dragon avait trois têtes (1).

La même légende se reproduit à Alçay, à peu près à la même date ; il y a — selon une des versions — trois ou quatre siècles. Le héros est un seigneur de Çaro, de la maison d'Athéguy, dont une descendante habite encore le château, J'en ai reçu trois versions, la première, de M. Biscay, originaire d'Alçay ; la seconde, de M. Bordachar, de Sanguis, et la dernière de M. Basterreix, instituteur d'Alçay même, dont le récit extrèmement énergique et original, annonce qu'il a fidèlement reproduit les paroles mêmes de la conteuse (2).

(1) La légende de Belzunce est racontée de mémoire, mais sans aucune forme arrêtée, par M. Oyhenart, instituteur d'Ossès. C'est un souvenir, une tradition, et non un récit légendaire. Les détails sont conformes à ce que dit Chaho. Gaston de Belzunce tue le dragon d'un coup de lance. L'animal l'entoure de ses replis et l'entraîne dans la Nive, d'où les cadavres sont portés naturellement à la mer.
(2) Marianne Etchebarne, d'Alçabéhéty.

16. LE DRAGON D'ALÇAY.

« A la lisière du bois de Zouhoure, un pâturage est sur le versant
de la montagne Azaléguy, et, au milieu du versant, un antre
dominant un abîme.

« Autrefois les pasteurs d'alentour perdaient leur bétail et n'en
trouvaient trace nulle part. Un jour un effroyable serpent sortit de
l'antre pour aller boire. On vit sa tête à l'eau du ruisseau, et la
queue encore près de l'antre. Il attirait les brebis par sa seule
aspiration et les engloutissait. Que fallait-il donc faire ?

« En ce temps il y avait à Athaguy un chevalier, cadet de cette
maison, qui n'avait peur. Il voulut savoir s'il serait maître du dragon. Il met une peau de vache pleine de poudre sur sa monture
et il va. Quand il arriva à Harburia, il attache sa monture à une
aubépine. De la crête de la montagne d'Azaléguy, il fait rouler par
bonds et par sauts la peau au-devant de la caverne. Ah ! bien ! ! Le
bon Dieu lui avait donné l'agilité. Il monte son cheval (1), compa-
rable à l'éclair, descend le vallon, et se tourne vers Alçay. Il arri-
vait au col de Hangaitz, lorsqu'il entend comme un bruit de cent
clochettes derrière lui. Le dragon ayant avalé la peau de vache, la
poudre avait pris feu. Il roula en bas du bois d'Ithe fracassant les
jeunes hêtres du bout de sa queue. Par Aussurucq il arriva à la
mer et s'y noya. Pour le chevalier d'Athaguy, le sifflement du dragon et le bruit convertirent son sang en eau ; il entra dans son
lit et mourut.

« Les vieux disent que le dragon avait sept têtes. »

(1) Ici le texte n'est pas clair, même avec la traduction littérale. D'après le récit de Sanguis, il faut comprendre que le chevalier avait descendu le ravin et
remonté le versant opposé pour assister à la catastrophe. De la caverne ou ruisseau,
on compte quatre cents mètres ; c'est la longueur du dragon. Il faut remarquer que
le récit concernant Gaston de Belzunce place le combat sur la Nive, affluent de
l'Adour. Rien n'empêche dès lors les cadavres d'arriver à la mer. Mais d'Aussurucq
à la mer, le trajet est un peu plus difficile. Il s'agit de traverser plus de 100 kil.
de montagnes.

Il n'est pas nécessaire de chercher dans cette légende la part de la vérité et la part de la fantaisie. Mais il est intéressant de voir combien la fantaisie est singulière, comme elle travestit toute convenance historique, au-delà même de la mesure permise aux légendes, et comme elle aboutit, en somme, à une assez pauvre composition.

Toutefois, c'est une légende bien caractérisée, elle a été l'objet d'un travail populaire qu'attestent les trois versions, et elle n'est pas localisée au lieu de son origine. On peut douter toutefois qu'elle fût jamais arrivée à la forme définitive et parfaite qui est le propre des récits légendaires.

Je n'ai pas trouvé d'autres spécimens de légendes historiques, et je dois remarquer que les Basques de Soule n'ont conservé, de leur histoire que les traits ayant rapport, non à l'histoire même, mais aux vertus singulières — en petit nombre — de leurs grandes familles. Le rédacteur de la version de Sanguis termine ainsi son récit de l'exploit du seigneur d'Athéguy : « Il mourut de frayeur; mais il délivra les Basques du maudit serpent. »

V

CONTES.

Les contes sont nombreux et de valeur variable. Quelques-uns annoncent le voisinage de l'Espagne, sont chargés d'incidents romanesques et invraisemblables ; d'autres reproduisent des aventures vulgaires, qu'on retrouve dans tous les recueils, mais il en est qui paraissent absolument basques et ont une saveur originale.

Parmi les premiers est venu d'Ispoure le conte des deux soldats. Les deux soldats ont obtenu leur congé, mais leur bourse est vide. Pour retourner au pays, ils imaginent d'aveugler l'un d'eux, désigné par le sort, et de s'adresser à la pitié des passants, tout le long de la route. Le procédé réussit et la bourse s'emplit. Le clairvoyant abandonne alors l'aveugle au milieu d'un bois. Le pauvre soldat cherche un asile sur un arbre au pied duquel un singe, un ours et un loup — trois sorciers — tiennent conseil. Le soldat qui y assiste apprend le secret de recouvrer la vue, d'enrichir le pays, et de guérir la fille du roi d'Italie, dangereusement malade. Le conseil là-dessus se proroge à un an.

Le soldat met à profit le secret et épouse la belle princesse qu'il a rendue à la santé. Il rencontre alors son infidèle compagnon, réduit à la misère. Il lui apprend comment il est sorti d'embarras et l'engage à user du même moyen. Caché dans le même arbre, le compagnon assiste à un nouveau conseil. Mais les seigneurs de la forêt sont irrités et s'accusent réciproquement de trahison. La vérité se fait jour, le traître est encore là dans le feuillage. Le singe y grimpe en un instant et le jette en pâture au loup et à l'ours.

Dans la seconde catégorie, je range une histoire de souliers

volés, qui se retrouve à peu près dans l'Ulespiegel et les devis de
Bonaventure des Périers ; celle d'un Jocrisse dont les Catalans
racontent les mêmes mésaventures à l'autre bout des Pyrénées ;
de deux astrologues qui sont moins habiles que l'âne d'une bonne
vieille à prédire le temps de demain. Il suffit d'indiquer de tels
sujets.

Mais je donnerai le texte de quelques-uns des contes dont je
ne connais pas les analogues, et dont la composition est la plus
remarquable par la suite et la finesse.

17. QU'EST-CE QUE LE MARIAGE ?

« Dans une paroisse de Soule, le curé demandait à un enfant :
« Qu'est-ce que le mariage ? » — « Le mariage est la séparation
de l'âme et du corps. »

« Et une vieille femme qui était par derrière, reprit : « Non, pas
tout à fait, mon enfant, mais peu s'en faut. »

18. LE COMPTE DES ANNÉES.

« Un homme commençait à vieillir. « Quel âge avez-vous ? lui
demanda-t-on. — Je n'en sais rien. — Quoi, vous ne connaissez
pas votre âge ? — Moi, dit l'homme, je compte mes brebis et mon
argent de peur de les perdre, mais je ne compte pas les années ;
je sais bien que je n'en perdrai pas une seule. »

19. LA PRISEUSE. (1)

« Une priseuse demandait au buraliste du tabac pour deux sous.

(1) Le conte de la priseuse n'est pas un modèle de goût, tant s'en faut ; mais il
montre bien la pente irrésistible des défauts qu'on n'arrête pas à l'origine. A ce
titre et à cause de son originalité, il obtiendra sans doute grâce devant le lecteur.

« Il n'y a plus de tabac, dit le buraliste. — Quoi ! plus du tout ?
— Du tout, du tout. — Laissez-moi donc, dit la femme, flairer le
pot au tabac. — Volontiers, à condition que vous me filerez cinq
livres de filasse. — J'y consens. » La femme flaire le pot au tabac
et s'en va, le paquet de filasse sur la tête. Chemin faisant elle rencontre une autre femme qui allait aussi acheter du tabac et lui
raconte ce qui vient d'arriver. « De grâce, dit celle-ci, laisse-moi
flairer ton nez et je me charge de la filasse. »

20. LA PAIRE DE POULES.

« Un jour, un maître de maison dépêche à un ami du voisinage
un domestique chargé de lui remettre une poule. Le serviteur va
faire la commission : « Tenez, dit-il au voisin, notre maître vous
fait présent de cette poule. — Et où as-tu l'autre ? repart le voisin.
— Le maître ne m'a donné que celle-ci, dit le domestique. — Impossible. Le maître n'a pu t'envoyer avec une seule poule, mais
bien avec une paire. Sûrement tu as perdu la seconde en route.
Va la chercher et apporte-les toutes les deux ; je ne prendrai
certes pas celle-ci toute seule. »

« Le serviteur, de retour à la maison, raconte à son maître ce
qui se passe. « Va, va ! dit le maître, prends une autre poule et
porte lui les deux. »

Il y a plus d'un moyen de duper son monde. (2)

21. MARI ET FEMME.

« On dit — vrai ou faux — qu'un jour un homme cheminant,
besace au dos, makhila à la main, entra dans une maison écartée.

« La maîtresse de maison filait au coin du feu. L'homme la pria
de lui permettre d'allumer sa pipe. « Avec mille plaisirs, » répar-

(2) L'anecdote est vraie et presque contemporaine. Il peut en être ainsi des autres
contes de cette série.

tit la femme. La conversation étant engagée, la maîtresse de maison lui dit : « D'où venez-vous, homme ? »

« De l'autre monde,» répondit-il.

« La femme, naguère veuve, s'était remariée. « Ah ! s'écria-t-elle, pourriéz-vous, par fortune, me donner des nouvelles de notre Pierre, mon mari ? » L'homme : « Oui, certainement ; il n'est pas mal, mais il a besoin d'habits, et de sous aussi ; et ne peut à son envie boire un coup de vin ou fumer sa pipe » — « Pauvre homme! auriez-vous l'obligeance de lui porter de ma part un petit paquet, et quelques sous ? » — « De bon cœur, » dit l'homme.

« Sur ce, la bonne femme fit un petit paquet de chemises et d'habits, dans une serviette blanche ; elle y joint quelques écus de cinq francs. L'homme enfile le paquet au bout de son (1) makhila et part en disant : « Avant qu'il soit longtemps, ceci sera à lui. »

« Le second mari qui était dehors, rentra à la maison aussitôt après le départ du filou. Sa femme lui dit : « Vous ne savez pas ? je viens d'apprendre des nouvelles de Pierre, mon mari.» — « Que dis-tu, femme ? as-tu perdu la tête ? » — « Bien sûr, dit la femme, un homme venu de l'autre monde a passé par ici et m'a donné de telles nouvelles. Moi je l'ai chargé de tel paquet, avec quelques sous. »

« L'homme en colère s'écrie : « Diantre soit de la sotte femelle ! » Il va aussitôt à l'écurie, saute sur sa jument et court par des chemins de traverse après le voleur.

« Le voyageur aperçut de loin qu'un cavalier le suivait à la piste. Sans savoir ce que c'est, il a peur. Vite il cache non loin du chemin son petit paquet et s'assied en homme fatigué au bord de la route.

(1) Le makhila (baculus) est le bâton basque. C'est une branche de néflier d'une grande élasticité, dont le bout le plus gros est plombé et muni d'une virole de cuivre de 10 centimètres ornée de dessins, qui paraissent traditionnels. Le bout le plus petit est la poignée, couverte d'entrelacs de cuir. Un cordon y est toujours attaché. Quelquefois la poignée se dévisse et laisse voir un poinçon ou dard. Le makhila est construit, comme on voit, au rebours de nos cannes, exactement comme une petite massue. C'est une arme très maniable dont les coups sont extrêmement dangereux.

« Le cavalier, arrivé près de lui, dit : Avez-vous vu, homme, quelqu'un passer par ici, avec un paquet blanc sur le dos ? » — « Oui, à l'instant il vient de passer. » — « Et de quel côté est-il allé ? — « Il a quitté le grand chemin et a pris par ce ravin. » — « Voulez-vous me garder une minute ma jument ? » — « Avec plaisir. »

« Il met sa jument entre les mains du voleur, et s'enfonce à la hâte dans la forêt. Le revenant prend son paquet, enfourche la jument et s'échappe au grand galop. Notre pauvre tondu, ayant couru à pied, par-ci, par-là, écrasé de fatigue, revient au lieu où il avait laissé sa jument. Mais il n'y trouve ni homme ni bête. Lors il se gratte la tête en disant : « Le coquin ! Il ne t'a pas mal dupé, toi aussi ! » Et le cœur gros il regagne sa maison. Du plus loin que sa femme l'aperçut, elle s'écria : « Eh bien, homme, qu'avez-vous fait ? » — « Pour qu'il arrivât plus vite en l'autre monde, je lui ai aussi donné ma jument. » (1)

VI

Lorsqu'un conteur basque a lieu de craindre que ses récits n'aient pas produit sur ses auditeurs l'effet attendu, il trouve, pour s'excuser, une pasquinade telle que celle-ci :

« Il y avait, une fois, un corbeau noir, très-noir ;
« De ce corbeau une aile était plus longue que l'autre ;
« Si l'aile courte avait été aussi longue que l'autre, cette histoire aurait été plus longue et plus intéressante. »

Je ne m'excuserai pas comme les Basques. Personne ne peut demander à des récits populaires l'art exquis des conteurs fran-

(1) Cette anecdote, avec tous ses détails, se trouve dans un recueil du XVIIe siècle *(La Gibecière de Mome)*. Elle a été reproduite dans le livre de M. Louandre (Chefs d'œuvre des conteurs fr., tome II, p. 52.) La comparaison des deux textes est toute à l'avantage du basque.

çais et italiens, gens d'érudition et de style, peu soucieux, d'ailleurs, de la loi et de la morale. Leur œuvre est réfléchie et savante. Celle des conteurs populaires est toute d'instinct, aussi bien dans l'invention première que dans les modifications qui s'y produisent avec le temps.

Toutefois les récits qui précèdent, appellent, si je ne m'abuse, l'attention des lettrés qui aimeront à y retrouver les thèmes dont se sont servis les conteurs érudits dans leurs reproductions plus élégantes. Ils appellent en même temps l'attention des historiens qui y chercheront, avec plus de succès que je n'ai fait, l'esprit même du peuple qui les a composés et conservés, ses croyances, ses préjugés et ses tendances.

C'est pourquoi je crois avoir rempli un devoir conforme à mes fonctions et à mes goûts, si j'ose le dire, en recueillant les récits populaires du pays basque.

Les documents qui paraissent aujourd'hui pour la première fois ne représentent qu'une faible partie de cette littérature dont des documents nouveaux me démontrent tous les jours la richesse.

Il faut se hâter cependant.

Les vieillards, hommes et femmes, qui ont été mes complaisants collaborateurs n'auront plus bientôt à qui livrer le trésor de leurs souvenirs. La génération actuelle est en train de faire une lacune dans la tradition. Les Basques d'aujourd'hui, sortis du pays avant leur vingtième année, y reviennent vingt ans après, riches quelquefois, misérables le plus souvent, mais, dans les deux cas, indifférents à ce qui était l'intérêt principal des anciens : le foyer tranquille, le travail ignoré, l'honneur du nom. Pendant leur absence, la maison élévée par l'aïeul a passé dans d'autres mains ; des étrangers l'occupent, les relations habituelles sont rompues. L'« Américain », privé de famille, va au cabaret, émerveiller les âmes simples des récits d'outre-mer. Il parle avec enthousiasme des forêts, des fruits des tropiques, des innombrables troupeaux errants dans les pampas, de la liberté absolue des colons. de l'or qui s'amasse. Devant ces tableaux séduisants, les simples récits du foyer n'osent plus se produire. Recueillons-les donc avant qu'ils ne tombent dans l'oubli dont rien ne pourrait plus les tirer.

FIN.

TEXTE EUSKARA[1]

DES LÉGENDES TRADUITES DANS CETTE ETUDE

I. — L'ATTENTION A LA PRIÈRE

Jesus Kristec egun batez Joundane Phetiriri erran ceron : « Za-
mari bat emanen derat *pater* bat erraiten baduc phenxamentia
barreiatu gabe. » Pierra hasten da : « *Pater noster, qui es in cælis*

(1) Je dois à l'obligeance de M. le chanoine Inchauspé la note suivante sur l'orthographe et le sens du mot :

« On écrit et on dit, suivant les dialectes : 1° Euskara ; 2° Euskera ; 3° Us-
kara ; 4° Eskara ; 5° Eskuara.

« La première et la seconde lecture so.t les plus généralement usitées dans les
provinces basques d'Espagne.

« La troisième, qui s'en rapproche, appartient à la Soule et à une partie de
la Navarre.

« La quatrième est moins usitée.

« La cinquième est particulière au Labour. Elle est la plus générale dans notre
pays, parce que la plupart de nos livres basques sont écrits en labourdin. Je n'ai
aucun doute sur la transposition de la voyelle *u* dans cette forme.

« Je crois que la première manière mérite la préférence sur les autres.

« Il est incontestable que *Euskara* veut dire *langue basque*, puisque tous
les Basques, espagnols et français, désignent ainsi leur langue dans les divers dialectes, comme aussi tous s'appellent *Euskaldunac*, à quelque province qu'ils
appartiennent, pourvu qu'ils parlent le basque. Or, les Basques transpyrénéens
appellent la langue espagnole *Erdara*, et on doit conclure que *ara*, le terme
commun, doit signifier langage ; *eusk* et *erd* la différence nationale.

« *Ara* et *Era*, actuellement, signifient *manière* ou *façon. Euskara* signi-
fierait manière ou façon d'*Eusk ; Erdara*, manière ou façon d'*Erd*.

« *Ara* et *Era* ont-ils été employés autrefois pour exprimer aussi *langage,
manière de parler* ? (V. le latin *modus*, surtout le pluriel *modi*.) C'est fort
possible, quoique ce sens ait disparu dans la langue générale.

« Quant à la signification de Eusk, Eusques, Osques, Vascons, Gascons, Basques
il ne faut pas aller la chercher dans *Eusi, aboiement*, avec Humbold, mais plutôt dans le nom verbal *Eusi, Esi, lier, joindre, associer, fermer.* Les *Eusci*
étaient des tribus liées entre elles par des conventions et une communauté d'origine, et *Euskara* était leur langue. *Erdara*, de *Erdi, milieu* (d'où *ertegui,*
lieu central, *erteguitu, concentrer*), était la langue des hommes qui habitaient
le milieu des terres, par rapport aux Basques, montagnards paraliens. »

et in terra : bena, Jauna, celarequi alla gabe? » Jesusec : « Orai batetic ere. »

(Récité par M. Liguex, Pierre, de Larrau, transcrit par M. Iriart. — Dialecte souletin.)

II. — LES CHARRETIERS EMBOURBÉS

Jesus Kristec eta Joundane Phetiric egun batez algarreki çoutalaric bide bat gainti, bathu cien guizon bat, bidiaren erdian belharico, Jincoari oïhuz elkhi litçon orgac arroilla batetaric. Bena Jesus Krist igaran cen aitcina guizonari casuric batere eguin gabe. Joundane Phetiric estonaturic erraiten diro : « Jauna, etçuniana nahi guizon gacho hori sokhorritu? » — « Guizon horrec estic lagungouaric merechi, ceren ezpeita bera isseiatcen. »

Hurrunchiago beste guizon bat bathu cien, juramentuz ari eta indarcan, bere carretaren eraiki nahiz. Jesus Kristec laguntcen du eraiten derolaric Pierrari : « Hounec eguin ahala eguiten dic eta merechi dic lagungoua. »

(Récité par M. Liguex, Pierre, de Larrau, trancrit rar M. Iriart. — Dialecte souletin.)

III. — L'ESPAGNE ET LA PAIX

Jesus Kristo gure Jauna eta Jondoni Petri çabiltçan Espainian ebanyelioaren predicatcen. Herri batian paratcen cirelaric, heienganat helduciren lekhu hartaco handietaric cembait, behar çutela ocasioneaz baliatu beren erresumaren seculaco çorionaren, eguiteco. Mintçatcen direlaric Jondoni Pretriri, erraiten diote : « Jauna, fagore esque heldu gare. Othoizten çaitugu ardiets dauzqui gutçun lau gauça gu gucien nausiaren ganic, amorecatic eta içan dadin gure erresuma bethicotz uros. Nahi guinuque ogui, arno eta haragui ausarqui, eta lauguerrenecoric baquia. Hequien.

galdia entzun eta Jesus Christoc erraiten diote : « ezda posible lau
gauça horiec içan diten elgarrequin ; emaiten dauzquitçuet oguia,
arnoa eta haraguia ; bainan oriequin ez duçue ukhanen baqueric.»
Orduz gueroztic Espainian bada abondanteia, bainan falta dute
baquia.

*(Récité par M. Chotro, cultivateur aux Aldudes, transcrit par M. Chango.
— Dialecte mixte navarrais-espagnol et bas-navarrais français.)*

Les deux mots *falta* et *fagore*, commençant par un f sont empruntés à la
langue espagnole : *falta*, de *faltar*, *manquer*, *faire faulte* : *fagore*, de
favor, *faveur*.

IV. — LA HAIE DE JONCS

Lehenago yendec baçaquiten noiz hil hehar çuten. Yesu Christo
lurrian çabilalaric, Yondoni Petrirequin, pasatcen da egun batez
landa baten aldian. Ikhusten du guiçon bat ari dela landa haren
cerratcen ihizco hesi batez. Galde eguiten dio certaco eguiten
duen halaco cerradura flucha. « O ! Yauna, hirur egunen burian
hil behar baitut, nie beçain bat iraunen dielacoan. » — « Beraz,
erraiten dio Yesu Christoc, hori da causa ezpeïtucie hemendic
aïtzina yaquinen noiz hilen ciezten.

*(Récité par Mme veuve Sallano, d'Iriberry-Bustince, transcrit par
M. Davant. — Dialecte bas-navarrais.)*

V. — LES PAINS DE LA SAINTE VIERGE

Bacen lehen Españan herribat deitcen ahurhutxe. Herri hartan,
neskenegun batez emaztebatec labeca eguiten cin. Ginceyon bor-
thala biltçale emazte chahar bat, amouinaren galthatcera, erraiten
dolaric othoï eguin diçon opphil chipiñi bat labin. Emaztic eçarten
du orhe bouchibat labin, eta haimbestanarequi eguiten çayo ogui
eder bat. Oh ! Houra handiegui cila emaiteco, beste orhe bouchiñi
bat eçarten du labin, eta houra eguiten çayo labeti elkhi ahaleco

ogui bat. Ordin, hartcen du erhi pphuntan orhe bouchiñi chipiñi bat ; houra handitcen çayo hambeste noun labia oro bethe beitcen eta ezpeitcin ahal ukhen. Ordin emazte chahar biltçalic erran ceyon : « Ni nun amabergina ; neskeneguna ene eguna dun ; eta hic aldiz praubiari egun eguiteco amouina handiegui edireyten hilacoz, hebentic harat eztun, hire herrin, secula haboro oguiric altchatuco. » Hori erran eta Amabergina hantic galdu cen.

Gueroztic emaztec oguiac labin eçari ondoun erraiten die : « Jinco hounac haz ditçala ahurhutxecouac beçala. »

(*Récité par Mme Marianne Etchebarne, 74 ans, transcrit par M. Malet.* — *Dialecte souletin.*)

VI. — JINCO ET LA GRANDE OURSE

Behin bacen laborari handi bat. Bi ouhouñec ebaxi ceren idi pare bat. Mithila igorri cian ouhouñen ondouan ; noula ezpeitcen etcherat agueri, igorri cian nescatoua mithilaren ondouan ; etchenco tchakura nescatouari jarraïki ceyon. Egun çounbaiten burian, ezpeitcien mithila ez neskatoua etcherat utçultcen, bera jouaïten da hen tcherkatcera. Ezpeitçutian ihounere edireiten ahal, hassi cen arneguz eta maradictionez. Hainbeste maradictione egin cian ouhouñen countre, noun Jincouac, punitionetaco, condenatu beitçutian laboraria, bere bi mañateki, bi ouhouñac eta idiac, mundiaren urhentciala drano ; alkharren ondotic ebiltera, eta eçari çutian, celian, çazpi içarretan. Idiac lehen bi içarretan dira ; ouhouñac hen ondoco bietan ; mithila hetaric landaco içarrian ; neskatoua bigeren içar bakantian, tchakura khantian beste içar tchipiñibatetan ; eta azkenic laboraria, ororen ondotic, çazpi geren içarrian.

[*Récité par Mlle Engrace Carricart, de Musculdy, transcrit par M. Laxague.* — *Dialecte souletin.*

VII. — LE CHANDELIER DE SAINT-SAUVEUR.

(Version de Mendive.)

Duela zazpi, zortci ehun urthe, ez zuzun Mendiben bi etche baizen : Lohibarria eta Miquelaberroa. Egun batez, lohibarreco muthila, izen garaïticoa zuena Hacherihargaix, jouan zuzun behica Galharbeco photchala. Han harapatzen dizu bassa Andere bat, ganderaïlia garbituric, iresten ari zela urhe orraziarekin. Gogoan phassatcen dizu ganderailu hori eder hura behar zuela ebaxi. Bi aldi abiatcen dizu, bainan bassa Anderia oharturic, bi aldietan utzi behar izan zizun.

Hirur garren aldian, trompatu zizun eta abiatu bere ganderailiarekin. Bassa Anderiac ohartu zenean, bere aitari oihu eguiten diacozu bassa Jauna, zeina baitzen ezteietan Behorleguy Mendin, bi jaüziz jiten duzu eta jarraïkitzen Hacherihargaixi Salbatorerano. Salbatorera heltcian oihu eguiten dizu Hacherihargaixec : « Jondoni Salbatore, zuretaco ekhartcen dizut present bat ederra. » Hoin bertcenareki, Salbatoreco zeinhia bere baitharic hasten duzu mihtzatcen. Orduian bassa Jaunac erraïten diacozu Hacherihargaixi: « Baliatzen zauc joalzar hori mintzatu baita, bertzainez janen hindudan. Lehenbicico baruric hara patzen hudanian, janen hut. »

Handic zembait demboraren buruan ogui joiten ari izanic Hacherihargaix abiatzen duzu goiz batez baruric behibatzuen bilha. Sohachipico brostara helcian ohartcen duzu bassa Jaunari. Hura ikhustearekin, haren desafiva orhoituric hasten duzu buruari hatzez eta harapatzen dizu biguezpa laür ogui bihi biluen artian cocaturic. Berchala ahoan ezarten ditizu eta jaten. Ordu beretic bassa Jauna hurtu izan zuzun eta et zizun guchiago ikhussi. Handic harat er zuzun secula etchetic atheratcen barura hauxi gabe.

Ganderailu Hacherihargaixec bassa Anderiari ebatsiric Salbatorerat ekharri, hura urhia bezain hori zuzun. Salbatoreco eliza Espainolec erra araci zutenean beltzatuia izan duzu. Orduan nahi

izan zizien Mendiberat ekharri bainan ez dizie secula haritz
Khurutcheco lephotic passatu ahal izan.

*(Récité par Mme Martiren, Vᵉ Officialdéguy, de Mendive, septuagé-
naire, transcrit par M. Prat. — Dialecte Bas-Navarrais).*

VIII. — LE CHANDELIER DE SAINT-SAUVEUR

Version de Camou Suhast.

Artçain bat bortian çabilaric, hurren du cen, oïhan batian,
Lamiña cilo batera. Haren çolan ikhussi çuen biciki gauça eder-
ric. Galdeguin çuen andere Lamiñabati han ikhusten çuen gandaler eder handi bat Jondoni Salbatorendaco. Bena anderiac erran
çacon aitarendaco biciki beldur cela. Guerocoz artçañac atceman
çuen mementoua çointan anderia bera baitcen, gogatu cien eta
gandalera bildu : anderiac gomendatu çacon gomanleçan haren
aïtari. Egun sombre batez artçain hori jouaiten celaric gandalerra
bizcarrian, aguertu çacon guibeletic anderiaren aita ; bena artçañac oihu eguin çuen : « Jondoni Salbatore, othoi balia çaskit
gandaler hau çuretaco ekharten baitut. » Dembora berian ekhia
aguertu çacon, lamiña galdu eta gandalerra ereman çuen Jondoni
Salbatorerat. Gueroztic ermita hura içan da suyaz erreric frango-
tàn, bena gandaler hura bethi contserbatu da, nahi bada hanitz
belzturic den.

*(Récité par Mme Vᵒ Laduteh, transcrit par M. Elissagaray. — Dialecte
Bas-Navarrais).*

IX. — ANCHO ET LES VACHERS

Bertzorduz, bazituzun Esterençubico bazterean, Espainaco limi-
tan biguezpa laur ulhain; bat mothico gazte bat. Heyen etcholara,

heyec loc hartu zirenean jiten zuzun Antcho bassa jauna berotzera; berotu eta heyen jatecoetaric jaten zizun. Ogui bat ukhaiten baitzuten ulhainec bertce ascariekin hartaric phusca bat uzten zizien gaü guciez, Antchoren phartia.

Gaü batez, pharte hura etzela zathitcen ikhustearekin, mothico thipi harec eraiten dizu : « Non duzié Anchoren phartia?—Emaioc heuria nahi baduc; — ihardesten diacozie. Mothicoac bere phartia uzten dizu usatu taularen gainean. Bassa Jauna jiten duzu bere usa costuman. Berotu denean jaten dizu mothicoaren phartia. Berotu eta jan duenean, phartitcen duzu, eramaiten dituelaric ulhainen aropa guciac, mothico gaztearenac salbu.

Gaü hartan elhur bat eguin zizun gaitza. Biheramun gaüzean aropac falta zituzten ulhainec eraiten diacozie mothicoari : « habil gure aropen bilha. — Ni, ez. — Habil, othoi. — Zer emanen dautadazuet? » Miga char bat baitzuten hura hitcemaiten diacozie. Mothicoa phartitcen duzu, eta bassa Jauna zagoen leizera heltcian, oihu eguiten dizu : « Antcho, emazkidazu lagunen aropac — Ez ditue izanen. — Othoi, eman izcadatzu, bilha igorri nizie. — Zer eman dauiete saritzat? — Miga char bat. — Torkic beraz, eta to ere uritz chaharo hau; marcazac heure miga eta emazcoc huntaz ehun eta bat zarta, ehun eta bat garena handiena. » Mothicoac eguiten dizu Antchoc erana, emaiten diacozu ehun eta bat zartac, eta dembora laburic barnian, miga harec eman ziazcozun ehun eta bat abelgorri ederrac.

Dembora, heyetan bassa Jaunac elhacatzen zituzun guiristinoekin.

(*Récité par Mme Officialdiyuy, de Mendive. — Dialecte Bas-Navarrais*).

X. — BASA JAUNA ET LE SALVE REGINA.

Larrañe herria oyhanez betheric cen lekhu bat çuçun eta harat lehenic jin ciren biciçaliac Basa Jaunac hanitz inquietatcen cititçun eta hanitz malur causatcen cireçun. Ordian apphecac hartu ciçun

5

costuma neskanegun gaioroz *Salve Reginaren* khantatceco eta moyen harez Basa Jauna hurrunt eraci cicien.

(Récité par Cath. Quihilliry, de Larrau, transcrit par M. Iriart. — *Dialecte Souletin.)*

XI. — LES LAMIGNAC ET L'ÉGLISE D'ESPÈS.

Bestorduz Ezpeiceco eliça Lamiñec gay bakhotch eguin cicien. Igaraneraztiareki harrien, Lamiñec batec bester erraiten cicien : « To! Guillen ; harçac! Guillen ; horduc! Guillen. »
Hamabi mila baguinen, eta oro deitcen Guillen. Bena lehiatukiegui eraounxis lanian murria, eguin cicien bidialat okher.

(Récité par M. Grégoire Elcheberry, âgé de 77 ans, transcrit par *M. Açarq. — Dialecte Souletin.)*

XII. — LES LAMIGNAC ET LE PONT DE LICQ.

Lehenago, Liguico çaharec etcien çubu bat eguiten ahal uhaïtcian. Çubu houra eguin nahi çuten gunian, bacien hirour Lamiña, Guillen deitcen hirouac. Erraïten deye Liguico guiçon bati hec eguinen deyela harrizco çubu bat. Jondani Johane mespera gaian, nahi badeye eman bere arima pphacutaco. Guiçon harec hitz emaiten dere arima eguiten badie çubia, ber gaian, hirour Guillenec inkantatu çutien oillarac oro, eta guero hassi cien lanian, erraiten cielaric algarri harrien emaitian : « To! Guillen ; indac! Guillen ; hartzac! Guillen. » Çubiaren finitceco azken harria eskian çuten, nouiz eta ere oillo coroka baten petic, arrautciaren barnetic, tchitcha batec kukuruku eguin beitcian. Ordian hirour Guillenec erran cien : « Adio! goure phacamentia ; » eta ourthouki cien escutic azken harria hourialat. Gueroztic harri bat menx umen du çubu harec.

(Récité par Mᶫᶫᵉ Engrace Carricart, de Musculdy, transcrit par M. La- *xague. — Dialecte Souletin.)*

XIII. — LA DAME AU PEIGNE D'OR.

Luçaide alde hortan batçu Lamiña eta lece cilouac. Muthico bat cilo batetara jouainten celaric, harri pe batetaic so cin cicin barneat; ikhoussi cicin andere bat iresten ari; biciki bilho hori eder bat cicin. Muthico hac cerbait trufa cin beitçacon, anderia jarraiki çacoçun ; muthicouac escapatcen celaic, ikhussi cicin iguski puchoa bat cilo hartaco lekhu bat hounkiten cina ; hara jauci cin cicin ; anderia ezpaitçacon jarraikiten ahal iguzkirat, aurthiki çacoçun bere urhezco orracia, çoin sarthu baitçacon aztaletic.

(*Récité par* Mme *Ladutch, transcrit par* M. *Elissagaray* (*Camou-Sahast*). — *Dialecte Navarrais.*)

VIV. — LA DAME AU PEIGNE D'OR.

Orhico lecian egun batez artçain batec ikhoussi ciçun andere bat urhe orraziaz iresten ari, eta çouñec erran beitceron artçañari : « Joundane Jouhane goiçan lece hountaric elkhitcen banaic biz-carrian, emanen derat nahi diana hountarçun ; bena cer nahi ikhoussiric eztukec behar lotxatu. » Artçañac hitzemaiten diroçu eta Joundane Jouhane eguna jin cenian, anderia biscarrian har eta abiatcen duçu ; bena basa ihice suerte orotaric bidiala jalkiten ciroçu, eta sugue inobre handi batec, çouñec su ahotic ourthou-kitcen beitan, icirasten diçu. Ordian, anderia utçiric, lasterra hartcen diçu eta elkhiten lecetic ; anderiac aldiz arrama bateki, erraiten diçu : « Maradicatu dela ene zorthia ; orano milla ourthe-ren heben nuçu. »

(*Récité par* M. *Bustanoby, Barthélemy, transcrit par* M. *Iriart.* — *Dialecte Souletin.*)

XV. — LA CHATELAINE QUI A VENDU SON AME.

Ama bat bici cen bere alhaba bakharrarekin ; alhaba cen ederra
içar bat beçala ; bainan ere biciki alferra. Egun batez amac araraci
nahi cien berekin laxen ; nola hunec ez baitcien ari nahi, amac
hoin onxa jo cien noun nigarrez baitçagon laxeco harriaren goinian
jarriric. Memento hartan han igaraiten khausitu cen herrico jaureguico Jauna, eta erran çacon amari : « Cer eguin dacoçu haur
eder horri hola nigarrez ararasteco? » Ama horrec errepostu eman
cien : « Jauna, nahi luke laxen ari enekin eta ez dut utzi nahi
ceren sobera ederra khausitcen baitut hoin lan borthitcean
artceco. » — Badeki josten ? galdeguin cien jaunac. -- Badekien
josten! ihardesten du amac, egunian çazpi athorra eguin detçazke.
— Jaunac, agradaturic nescato gazte horren edertasunaz, eta
choraturic amac hartaz eguin laudorioaz, galdatu cien haren ere-
maitia bere jaureguirat eta hitz eman bere emazte çat hartuco
ciela, alai batez choitki josten baçitien çazpi athorra egunian.
Ezari cien, beraz goiz batez gambara batian, emanic behar cen
oihala, eguin cetçascon çazpi athorra ekhia sar orduco. Nescato
gazte hura hoin içan cen alferra bere bici gucian noun ez baitcien
ikhassi orratcian hariaren igaraiten. Ekhiaren sartceco tenoria
hurbildia cen hare bere lana hassi gabe. Pensaketa çagon tristeric
eta ez çakien cer eguin. Batbatian emazteki chahar bat aguertu
citçayon gambaraco leyhora eta galdeguin çacon : « Cer ari hiz
hor eta cer dun hoin triste içateco? — Baditut çazpi athorra egun
jossi beharrac ekhia sar orduco, eta ez dakit nondic loth ; ez
baitakit choilki orratcian hariaren passatcen. — Nahi badautan
hitz eman, erraiten du emazte chaharrac, çoin baitcen sorguiña
bat, hemendic urthe baten burian orhoituco hicela ene icenaz eta
orhoitcen ezbahiz hihaur enetaco içanen hicela nic nahi dutana
hitaz eguiteco, eguiten daunat hire lana memento batez. — Eta cer
da çure icena ?

— Maria Kirikitoun,
Hire icenaz nehor orhoituco eztun.

— Hitz emaiten dautzut eguitia çuc galdatcen duçuna. »
Beraz nescato horrec presentatcen ditu behar cen tenorian bere
çazpi athorrac arras onxa jossiac. Eta jaun harec bere hitça behar
içan cien atchiki. Bainan nola andere hori baitcen anhitz ignoranta
gauza gucietan, eçari cien khomentu batian eta han çombait
dembora atchiki ondoan esposatu cien. Behin bere senharrarekin
axeguinien erdian bici içan cen, bainan urthia finitciarekin phen-
xatu cien sorguinaren icenari çoin ahanteia baitcien, eta hari eman
çacon hitçari, cere eroraraci baitcien herstura handi batian.
Urthia finitcera çohan eta azken eguna hurbildia cen. Jauna, bere
esposu libertitu eta alegueratu nahiz, bere adiskideac bilduric ez
cen guelditcen phestaric ederrenen bere jaureguian emaitetic.
Beraz azken egunian, emazteki eskelari chahar bat presentatu
cen jaureguico borthara, eta galdeguin cien cerbitcari bati certaco
ciren phesta eta alegranzia hec. Cerbitçariac errepostu eman cion:
« etchecandria çutela tristadura handi batian eroria aspaldian,
nehorc ez cakiela cer cien; jaunac haren alegueratceco phesta
horiec emaiten citiela eta beste alde irri eguin aracico çaconari.—
— Eskelariac ihardexi cioen : « Etchecandriac ikhusten balu nic
egun ikhussi dutana, segurki irri eguin lezake. » Ereman çuten
beraz etchecandriaren aitcinera eta han galdatu çacoten cer ikhussi
cien. — « Ikhussi dut erreca batian axo chahar bat beçoin batetic
bestera jauzteca, oihu eguinez :

Heeepa ! Maria Kirikitoun ;
Ene icenaz nehor orhoituco eztun !
Herri huntaco andreri ederrena gaur cnetaco dun. »

Etchecandriac entçutiarekin ahantzi cien icena, eman cien
iskribuz, onxa saristatu emazte eskelari chaharra eta bera urusic
guelditu, errepostu eman ceçakelacoz bere sorguinari, coinec ez

baitcien huxic eguin arrax berian jitiaz ukhan hitçaren galdeguitera.

Phenx nola desperitu cien.

(Récité par Marie Candellé, d'Orègue; transcrit par M. Bordaberry. — Dialecte Navarro-Labourdin.)

XVI. — LE DRAGON D'ALÇAY.

Zouhourreco oihan bazterrian bada mendi larrebat deitzen Azalegi machela eta haren erdichetan harpe lezedun bat.

Nouzpaitz ungurune hetaco artçañec cabale galtzen zien eta ez herecharic ihoun edireiten. Egun batez harrigarri zen sugia lezetic jelkhiric edatera jouaiten ikhousi zien, buria hourian eta buztana orano harpe khantian. Hatsaz beraz arrezac biltzen zutian harpiala eta osoric iresten. Zer egin behar zen, othian ?

Dembora berian bazen Athagin etcheco seme bat deitzen Chibalie armadetan egonic, apphotorouen lotsa etzena. Behar ziala jakin naousituren zenez Heren-Sugiari behi larru bat ppholboraz betheric zaldi bathetan ezarten du, zaldia elhorritzebati. Mendi hegin gainti Azalegi machela behera larria dourdouillazcaz lerreazi harpe aitziniala. Baia bai !

Jinco hounac eman zeron dohañian peti gora chibalie ; igain zaildiari iñaziaren pare ibarra behera ; alzaiat buhurtu zeneco hangaitzeco lephouan entzuten du trinzarrada bat bezala ondotic heren-sugia behi larria iretsiric eta ppholborac su harturic. Itheco oihana behera bagastac buztan khalduz haouesten carrascaz. Altzurucun gainti jo zian itchasoua eta han itho.

Chibalie Athagi aldiz, heren-sugiaren huchtiac eta herotzac odola hour bilharaziric ohian sarthuzen eta hartaric hil.

Diozie zaharrec Heren-Sugiac baziala zazpi buru.

(Récité par Marianne Etchebarne, transcrit par M. Basterreix. — Dialecte Souletin.

XVII. — QU'EST-CE QUE LE MARIAGE ?

Aphéz batec galdeguin zacon chuberaco herri batian catichiman zabilan muthico bati :

Zer da escontza ?

Escontza da arimaren gorphutzetic berechtea.

Eta guibeleco aldian zagon atxo batee erran zin : « Etchit ez, haurra, bainan huillan bai. »

(Récité par M. Oçafrain, Jean, de Banca, transcrit par M. Blandé. — Dialecte navarrais.)

XVIII. — LE COMPTE DES ANNÈES.

Guiçon bat cen zahartuscoa, galdeguin cion morbaitee : « Cembat urthe dituzu ? » — « Ez dakit batere dio harec » — Cer ez dakizu zure adina ? » — « Nic khondatcen ditut ene ardiac eta diruac beldurrez gal ; bainan ez ditut khondatcen urtheac. Segur bainaiz, ez dudala bat galduco. »

(Récité par M. Etcheberry, des Aldudes, transcrit par M. Puyade — Dialecte navarrais.)

XIX. — LA PRISEUSE.

Beste orduz emazte batec baciçun prisatceco costuma. Aldi batez jouan çuçun tobac bureu batetara, eta galthatu ciçun bi sosen tobaca. Bureueco naussiac erran cioçun tobaca finitia duçu. — Eztea batere, galthatu cioçun emazte harec. — Batere, batere, arrapostu emaiten dioçu buralistac. — Othoï utei neçaçu berere, erran çioçun emazte harec, çoure tobac tipiñaren urrintatcera. — Permetitcen deiçut hori, bena condicionerequi bost libera capita (1) urunen deïtaçula. — Gogo hounez, arrapostu emaiten

(1) *Capita* est le nom de la filasse qui reste après qu'on a retiré l'étoupe. La grande quantité de mots français basquisès dans ce morceau en indique, aussi bien que le sujet, l'origine récente.

(Dialecte souletin un peu francisé).

diçu emaztiac, senditcen diçu tobac pota, eta pphartitcen duçu bere capita burian.

Bidian errecontratcen diçu beste emazte bat tobac erostera jouaiten ber bureuiala, çouñi khuntatcen beitu bere ichtoria. — Othoï utci içadan hire sudurra senditcera, erraiten dioçu harec, eta ni cargatcen nun hire lanaz. Tratia atcetaturie içan çuçun, eta horra biguerren emazte gachouac, bestiaren sudurraren senditceco plazerarentaco, behar ukhen ciela urun bost libera capita.

(*Recueilli par M. Arhancet, instituteur d'Ainharp.*)

XX. — LA PAIRE DE POULES.

Behin batez jaun batec muthico bat egorri zuen oilo batekin auzoco adiskide baten gana. Muthicuac eramaiten dio oilua eta erraiten : « Ori, gure jaunac egortcen dautzu oilotto hau present.» Erranden adiskideac ihardesten dio : « Eta nun duc bertcea ? » Muthicuac : « ezdaut hau baicic eman. » « Ez dukec hori hala, ez hau jaun harec oilo bakhar batekin egorri, segur nuc harc eman dauiala pare bat : bidian galdu dukec hic bertcia ; habil hatchemaitera, eta ekhar nire biac, ez diat hartuco ekharri ducan bakharra. »

Muthicua itzulcen da etcherat eta erraiten dio nausiari cer phasatcen den. Orduan nausiac erraiten dio : « habil, habil, harrapa zac bertce bat eta eraman ezoc paria. »

Bada abilecia bat baino guehiago munduan gauza hatcemaiteco.

(*Récité par M. Etcheberry, transcrit par M. Puyade, instituteur des Aldudes. — Dialecte Labourdin.*)

XXI. — MARI ET FEMME.

Guezurra edo eguia, erraten dute behin batez guizontto bat bidaiez zohalaric, dibicira bizcarrean diligant, makhila escuan sarthu cela bazter etche batean.

Etcheco andrea sukhaldean iruten ari cen ; guizonac galdeguiten dio piparen phiztico permissionea; mila plazerekin diotzo emazteac. Elhestan hari direlaric, etcheco andretto horrec galdetcen dio : « Nundic heldu zare, guizona ? » Hunec ihardesten dio : « Bertce mundutic. » — Bada emazte hura alhargundurric, berriz escondua cen. Erraten dio beraz : « Aih eta! eman dezakedazu fortunaz gure Piarres cenaren berriric? » — Guizonac : « Bai ; segurki; ez da gaïzki, bainan arropaz escazean da, bai eta sosez, ezpaitu nahi duenean arno colpea edaten ez eta pipatcen. » — Emazteac : « Guizagaichoa! Nahi bacindio ene phartez eraman paketa chume bat eta ceimbait sos ! » « Gogotic », guizonac.

Hortan emaztetto horrec eguiten du athorraz eta arropaz paketachobat, eta cerbita churi batean emaiten dio, eta ceimbait bortz-liberaco. Gure guizona badoha paketa, makhila phuntan, diolaric : « Ainhitz dembora gabe hoc haraco dira. »

Nola senhar berria nunbait campoan baitcen, etcheratcen da philusa yoan deneco. Emazteac berehala erraten dio : « Ezdakizu ? Piarres cenaren berriac yakinic nago ! — Cer derasan, emaztea ? — Ala burua galdu dun ? — Segurki, dio emaztiac, guizon bat hemen passatu da bertce mundutic heldu dena, holaco berriac eman dauskit, eta igorri diot holaco paketa cembeit sosekin. — Guizona coleran diola : « Debru emazte erguela ! » Badola establiara, igaiten da bere behorraren gainera eta badoha labroca ohoinaren ondotic.

Hunec ikhusten du urrundanic zaldidunbat nola jarraikitcen zaion ondotic, beldurtcen da cer ditaken ; laster biditic basterehago gorditian du bere paketa, eta jarriric descantsuan pharatzen da bide bazterrean.

Zaldidunac, hara denean, galdeguiten dio : « Errazu, guizona ; ikhusi duzu norbait hemen paketa churi bat biscarrean dohaloc ? » — « Bai ! doï doïa hor harat juan da. » « Eta cein aldetarat ? — Oh! bide handic utcirie oian erreca hortarat sarthu da. — Nahi dautazu istant bat zaldi hau atchiki ? — Placerekin. »

Uzten du zaldia ohoinaren escuetan, eta badoha lasterrez oihan arte batean harat. Bertcea laster paketa harturic? Zaldira iganic, espacatcen da terrapatan.

Gure peillo oihan errekhitan, jo hara, jo huna, ibili eta ondoan, lehertua itzulcen da zaldia utci duen thokira.

Han ez alabainan guehiago guizonic, ez abreric Buruan.

Hatzez erraiten du « Infamia ! ez bau hi ere gaizki hatzeman ? » Eta bihotza ilhunic badoha etcherat. Emazteac ikhusi dieneco erraiten dio : « Eh bien ! cer eguin dozu ? » Guizonac : « bertce mundurat lasterrago juan dadin, behorra ere eman diaconat. »

(*Les mêmes. — Dialecte Labourdin.*)

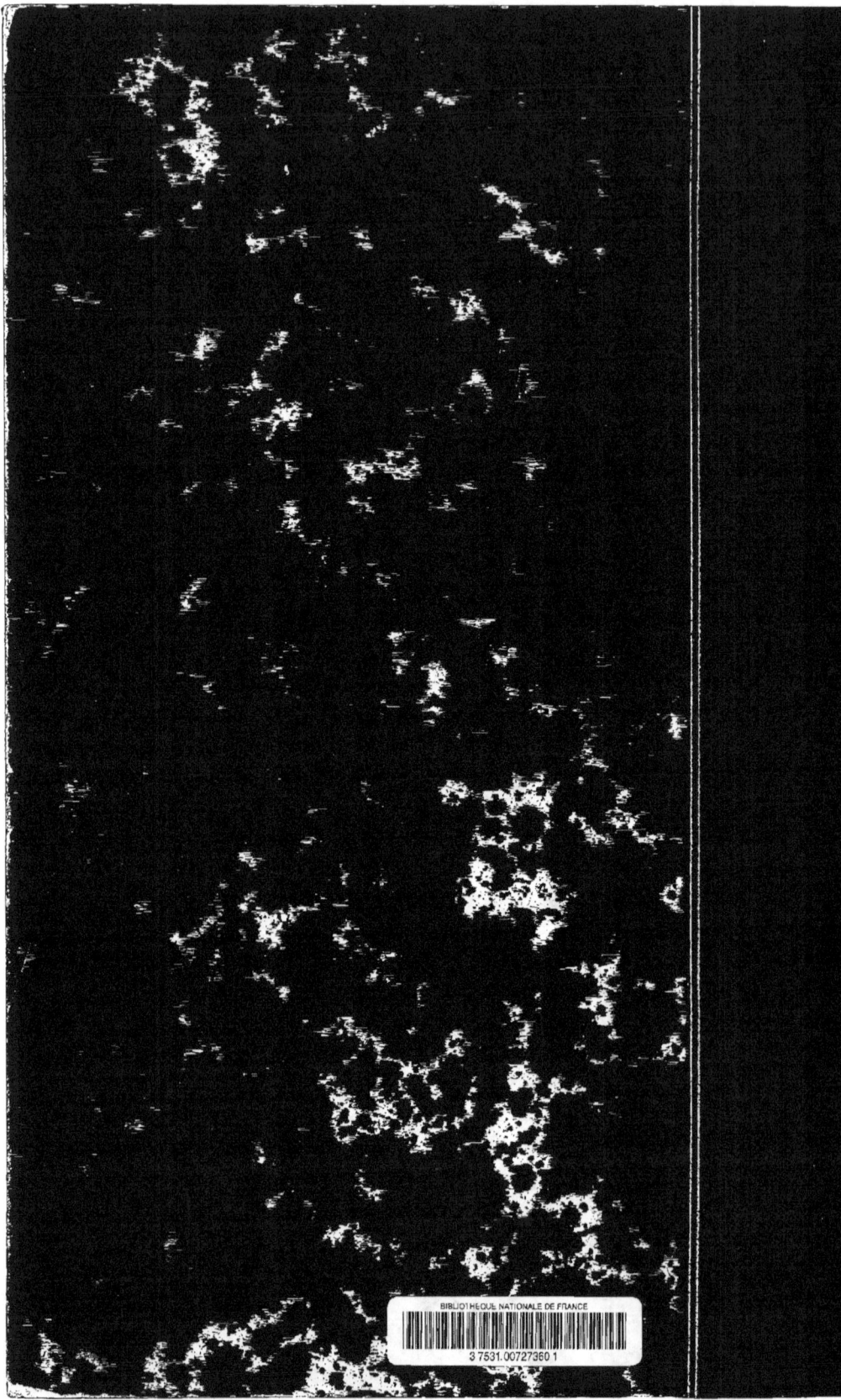

www.ingramcontent.com/pod-product-compliance
Lightning Source LLC
Chambersburg PA
CBHW060454260626
47161CB00005B/2104